L'oasis

Xavier-Laurent Petit

L'oasis

l'école des loisirs
11, rue de Sèvres, Paris 6e

Loi n° 49.956 du 16 juillet 1949 sur les publications
destinées à la jeunesse : janvier 1996
Dépôt légal : novembre 2020
Imprimé en France par Gibert Clarey Imprimeurs
à Chambray-lès-Tours (37)

ISBN 978-2-211-23631-7

À Rachid Boudjedra,
à Lætitia
(mais aussi à mes enfants).

1

Nous sommes sortis du collège deux heures plus tôt que d'habitude parce que le prof de maths était absent. Alors, avec Naïa et Ismène, nous sommes allés rue Haftine manger les beignets de la vieille Nourrédia.

Comme d'habitude, elle nous a traités de tous les noms en levant les bras au ciel :

– Bande de feignants, bons à rien ! Si c'est pas une misère de voir ça ! Tout ce que vous trouvez à faire au beau milieu de l'après-midi, c'est de venir dépenser l'argent de vos parents à manger mes gâteaux… Si j'étais eux, il y a longtemps que je vous aurais mis au travail, et avec mon pied dans les fesses en plus…

Elle en a toute une litanie comme ça. Le jour où Nourrédia nous recevra avec un grand sourire, c'est qu'elle sera malade ! Mais ses beignets sont tellement bons ! Tout en nous engueulant copieusement, elle roule la pâte de ses grosses mains rouges et la plonge dans le bac d'huile qui fume en permanence au fond de son échoppe. Généralement, après avoir arrosé les beignets de sirop, elle s'en prend à Naïa.

– Et tu n'as pas honte, toi, une fille, de venir traîner jusqu'ici avec ces deux vauriens ? Tu penses que c'est ta place ? Tu devrais être chez toi, oui ! À aider ta mère. Si ton père te surprenait, il te mettrait une bonne torgnole, et ce n'est pas moi qui l'en empêcherais, va !

– Mais ils savent que je suis là, Nourrédia.

– Allez va, fait la vieille avec un geste de la main, tu mens comme tu respires…

Et elle s'en retourne à sa friture en bougonnant. Avec Naïa et Ismène, on se regarde en rigolant. La vérité, c'est que la vieille Nourrédia est ravie de nous voir, un peu à la façon d'une grand-mère ronchon.

L'année dernière, toute la classe se retrouvait après la sortie dans sa minuscule boutique au cœur de la haute ville. Lorsqu'on lui a expliqué qu'on travaillait au collège, elle nous a demandé ce qu'on y fabriquait. Ismène a sorti ses cahiers qu'elle a regardés à l'envers :

– Et tu crois qu'en barbouillant toutes ces pages de mots, tu feras vivre ta femme et tes enfants ?

Ismène a hoché la tête sans répondre. Il est le seul de sa famille à aller au collège. Ses frères et sœurs ont arrêté après l'école, sauf Larrid, son frère aîné, qui a continué jusqu'en sixième. Quant à ses parents, ils ne savent pas lire.

À la rentrée, un nouveau café avait ouvert en face du collège, tout rouge et doré avec du personnel habillé à l'européenne et de la musique qu'on n'entend jamais chez nous. Une vraie révolution ! Jamais on n'avait vu ça dans le pays. Le maire de la ville en personne est venu l'inaugurer en mangeant le premier hamburger fabriqué ici. Il faisait une drôle de tête, sur les photos, avec sa grosse moustache dégoulinante de sauce. La boutique de Nourrédia s'est soudain vidée de tous les gamins qui y passaient quotidiennement. Un soir, en sortant du cours de français, nous l'avons vue sur le trottoir, en face du café. Hébétée, elle regardait ces gosses qu'elle avait nourris de beignets au miel et de gâteaux aux amandes pendant des années ressortir avec des machins-choses-burgers dégoulinants de ketchup et des grands verres de Coca glacé. Alors, gentiment, Naïa l'avait prise par le bras.

– Viens Nourrédia, je n'ai pas goûté un seul de tes beignets depuis au moins trois jours, et je commence à avoir drôlement faim.

Ce jour-là, elle nous a fait un festival de gâteaux frits et de sucreries et, depuis, sa minuscule boutique de la rue Haftine est devenue notre repaire. Chaque fois, elle nous traite de paresseux et de bouches inutiles, mais lorsqu'on repart, elle nous accompagne sur le pas de sa porte.

– Et surtout, travaillez bien, les, enfants, sinon vous terminerez comme la vieille Nourrédia, à faire tellement de beignets que j'ai l'impression d'avoir l'intérieur rempli d'huile de friture.

En ressortant de chez elle, avec Naïa, nous nous sommes dirigés vers la station de tramways. On habite « La Source », en périphérie de la ville, à cinq stations du collège. Ismène dit que c'est le quartier chic : une enfilade de villas avec des jardins, des fontaines et des fleurs qui poussent, même au plus chaud de l'été, alors que partout ailleurs, les plantes ressemblent à de la paille tellement le soleil les a séchées.

Ismène, lui, continue à pied vers la haute ville. Son père est mécanicien, il travaille dans un petit garage de l'autre côté de la colline. Le quartier d'Ismène, c'est tout le contraire de « La Source » : une multitude de petites maisons qui semblent avoir poussé les unes sur les autres tellement elles se chevauchent et se serrent comme une portée de souriceaux à l'ombre de la colline. Parfois, après les grosses pluies d'hiver, l'une d'elles se lézarde et s'écroule sur elle-même, comme fatiguée de porter les autres. Alors les habitants étayent les maisons du dessus pour que tout ne dégringole pas et celui dont la maison s'est écroulée en reconstruit une nouvelle à flanc de pente, au-dessus des autres. Il domine tout le quartier jusqu'à ce qu'une nouvelle maison s'écroule et vienne repousser par-dessus la sienne. Ça se passe comme ça, dans le quartier d'Ismène. Depuis des siècles, celui qui habite tout en bas, à recevoir le jus de caniveau, les épluchures de légumes et les vidanges de pots de chambre de ceux du dessus, sait que quand sa maison s'affaissera, ce sera à son tour de grimper sur les autres. Il suffit d'être patient.

Ça peut prendre des générations !

Le tramway a démarré. Assise à côté de la fenêtre, Naïa rêvassait. Moi je ne pensais à rien. Depuis le temps, je connais le trajet par cœur, jusque dans ses moindres détails.

C'est au deuxième arrêt, place de l'Hôtel-de-Ville, que pour la première fois j'ai vu un rassemblement de ceux que mon père appelle les « barbus ».

Ils étaient des centaines, peut-être des milliers. Des hommes surtout. Presque tous portaient la barbe. Mais on apercevait aussi des femmes qui avaient mis le voile, comme dans l'ancien temps, et qui portaient leurs bébés dans un châle noué sur le côté. Parmi eux, en petits groupes, circulaient des « combattants de l'ombre ». Une cagoule masquait leur visage : depuis que les premiers attentats ont eu lieu, il y a un an, le gouvernement les a interdits. La police pouvait les arrêter à tout moment, mais cela n'avait pas l'air de les inquiéter. De toute manière, la police, on ne la voyait nulle part !

La foule bloquait toute la place, les manifestants scandaient des slogans en levant le poing, mais le boucan de klaxons des voitures immobilisées empêchait de les entendre.

Deux grandes banderoles étaient tendues devant l'hôtel de ville :

ÉTRANGERS, DEHORS ! LE PAYS D'ABORD

DIEU COMBAT AUX CÔTÉS DE SES FILS

Les manifestants ont entouré le tramway en faisant signe au conducteur d'ouvrir les portes. Il a d'abord refusé. Les hommes le huaient, l'injuriaient, certains crachaient sur son pare-brise. De plus en plus nombreux, juste séparés de nous par les vitres, ils agrippaient le tram par les poignées, les pare-chocs, glissaient les mains sous la carrosserie et commençaient à le secouer, comme pour le faire basculer. Le tram tanguait d'un côté, de l'autre. Lorsque ses grosses roues ont décollé des rails, nous avons tous hurlé. Nous allions être renversés ! Il est retombé lourdement, dans un grincement terrifiant, précipitant les passagers les uns sur les autres. Affolé, le conducteur a enfin fait signe qu'il acceptait. Les manifestants ont salué l'ouverture des portes par une explosion de cris.

Une dizaine d'hommes sont entrés, parmi eux, deux « combattants de l'ombre », masqués. Par la fente de leurs cagoules leurs yeux vifs épiaient chacun de nos gestes. Dehors, les hurlements continuaient, mais à l'intérieur personne ne disait un mot, les yeux fixés sur ces hommes inquiétants qui remontaient le couloir en examinant chacun de nous. Ils s'arrêtaient devant les femmes qui n'avaient pas la tête couverte.

– Ta tenue déplaît à Dieu, couvre-toi !

Elles sortaient ce qu'elles avaient : un foulard, un mouchoir ou un bout de tissu déchiré pour celles qui n'en avaient pas. Terrifiée, Naïa s'est terrée dans l'angle de la banquette.

– Couvre-toi ! a brusquement jeté l'homme masqué.

– Je n'ai rien, a-t-elle bafouillé.

– Même pas un mouchoir ?

Naïa a fait « non » de la tête.

Le type a ouvert son cartable et en a sorti sa trousse qu'il a vidée par terre.

– Ça t'ira très bien, a-t-il dit en la coiffant brusquement de la trousse.

Blanche comme un drap, les yeux brillants de larmes, Naïa me regardait. Paralysé de peur, je ne m'étais même pas baissé pour ramasser les crayons qui avaient roulé sous la banquette. En s'éloignant, le type a écrasé son stylo qui a projeté une grande traînée d'encre bleue sur le sol. Naïa a éclaté en sanglots.

Au fond du tram, un étranger, un Français je crois, regardait les hommes approcher. Les manifestants l'ont agrippé pour le faire descendre de force. Il se débattait comme un forcené. L'un des « combattants de l'ombre » a alors sorti un pistolet de sa poche et l'a dirigé vers lui. Les « barbus » l'ont traîné dehors. Dans le tram, personne ne bougeait le petit doigt, chacun gardait la tête baissée, en silence. Lorsque l'étranger est descendu du tram, les manifestants l'ont sifflé et l'ont injurié. Sa silhouette, encadrée par deux « combattants de l'ombre », s'est enfoncée dans la foule.

Soudain, les sirènes des cars de police ont couvert le bruit de la manifestation. Arrivés des deux côtés à la fois, ils bloquaient les entrées principales de la place. Les policiers sont descendus, casqués et armés de matraques, ils cherchaient à encercler les manifestants qui s'échappaient par le dédale des innombrables ruelles qui sillonnent la vieille ville comme une gigantesque toile d'araignée. Là-bas, sous les arcades, deux flics tapaient sur un homme tombé à terre : je ne pouvais pas les quitter du regard. Ils abattaient leurs matraques à tour de rôle sur le corps recroquevillé contre un recoin de trottoir. Ils n'ont arrêté que lorsque l'homme a cessé de bouger. Tout au fond de la place, vers l'hôtel de ville, des manifestants jetaient sur les policiers des pavés qu'ils descellaient du sol. Soutenu par ses camarades, un policier blessé, le visage en sang, a titubé jusqu'à un car. À proximité des ruelles de la vieille ville, des « barbus » ont retourné deux voitures sur le toit, brisant leurs vitres à coups de pavé. L'essence coulait des réservoirs, et l'un d'eux a jeté un journal enflammé. En quelques secondes, une épaisse colonne de fumée noire s'est élevée des carcasses de voitures, obscurcissant le ciel. Les hautes flammes jaunes léchaient le mur des bâtiments. Des explosions ont retenti du côté des cars de police. La place s'est couverte d'un brouillard grisâtre qui rampait sur le sol.

– Des lacrymogènes ! a crié quelqu'un, mettez vos mouchoirs devant la bouche !

Alors les femmes ont placé devant leur bouche les mouchoirs qu'elles avaient dû se mettre sur la tête. Tout le monde toussait et pleurait. Le vent poussait doucement vers le tram le brouillard qui s'insinuait par les moindres ouvertures. Pendant plusieurs minutes, on n'a plus rien vu, on n'entendait que les cris, les explosions des grenades, le bruit des gens qui couraient. Pétrifiés, les passagers du tram n'esquissaient pas un geste.

Lorsque le brouillard s'est dissipé, il restait une odeur écœurante et irritante. La place était vide, jonchée d'objets perdus, de pavés descellés, de pneus enflammés, les deux voitures brûlaient toujours, projetant de longues flammes orangées vers le ciel. Plus loin, des ambulanciers se penchaient sur un homme inanimé.

Un gradé de la police est entré dans le tram, les yeux rougis par les lacrymogènes ; il a vérifié qu'aucun manifestant ne s'y était caché. La voie était dégagée, le conducteur a rapidement inspecté son véhicule avant de repartir.

Ce n'est que lorsque le tram a quitté la place au milieu des éclairs bleus des gyrophares de la police et des ambulances que j'ai regardé Naïa, la tête enfouie dans son pull. Tout son corps frissonnait. Je lui ai touché l'épaule, elle a tressailli. Le visage bouffi de larmes, elle a effleuré la trousse qu'elle avait toujours sur la tête.

– Je dois avoir l'air chouette comme ça…

J'ai essayé de sourire.

2

En descendant du tram, on a changé de trottoir en vitesse à cause du vieux général Mazbel qui remontait vers nous. Papa dit que c'est un peu grâce à lui que le pays a gagné la guerre d'indépendance. Il est sourd comme un pot et bavard comme une pie.

Ça nous aurait pris des heures de lui raconter ce qui venait de se passer. De loin, il a pointé sa canne sur Naïa en riant :

– Toi, t'as pleuré parce que tu as eu de mauvaises notes en classe !

Naïa a très vite fait « oui » de la tête.

Ici, on dirait que rien n'est arrivé, que l'on a juste fait un cauchemar. Les rues sont calmes, presque désertes, les voitures sagement garées, les fontaines des jardins pissotent au milieu des fleurs et des palmiers dressés comme autant de petits balais pour nettoyer les nuages, les chats se réchauffent sur le capot des voitures en se léchant les pattes.

J'ai raccompagné Naïa chez elle. Ses parents sont médecins et rentrent tard. Quant à sa sœur, une dame la garde jusqu'à ce que sa mère vienne la chercher. Au bruit de la porte, Mouli a ouvert un œil du fond de sa grande cage en bâillant à s'en décrocher la mâchoire. Naïa l'a pris dans ses bras et s'est pelotonnée contre lui dans un fauteuil. Mouli, c'est un fennec à trois pattes que le père de Naïa a ramené tout bébé du désert. Il l'a trouvé au petit matin, sur le bord d'une piste avec une patte écrasée. Une voiture l'avait heurté pendant la nuit. Ils l'ont soigné, Mouli a appris à marcher sur trois pattes et même à courir, mais jamais il n'aurait pu se réhabituer à la vie du désert, alors il est resté chez eux.

Sur l'appareil de Naïa, on a écouté la cassette de Michael Jackson que je lui ai offerte.

J'adore Michael Jackson. En revenant d'un voyage en France avec son lycée, un de mes cousins m'a rapporté une cassette en cachette (essayez de le dire tout haut et très vite). Ici, elles sont impossibles à trouver, même au nouveau café, ils n'en passent jamais. C'est à cause des « barbus ». Michael Jackson, c'est un condensé de tout ce qu'ils détestent le plus : l'Amérique, la danse, la musique... Ils se mettent dans une colère folle dès qu'ils l'entendent! On n'en trouve qu'au marché noir, mais elles coûtent tellement cher que ce n'est pas la peine d'y penser. Du coup, j'ai copié la cassette pour la revendre aux copains du collège (sauf Naïa, à qui je l'ai donnée). Ça a plutôt bien marché et je me suis fait une somme rondelette... Jusqu'au jour où mon père l'a appris et m'a passé un savon maison.

– Elmir, tu vas me faire le plaisir de cesser immédiatement ton petit trafic avec ce cornichon à paillettes, compris!

J'ai hoché la tête. C'est comme ça que j'ai compris que tout le monde, même mon père, craignait les « barbus »...

Quant à Michael Jackson, je crois bien que jamais il ne pourra faire de concert chez nous, parce qu'il lui faudrait cent, deux cents, mille gardes du corps peut-être pour empêcher les « barbus » de le lyncher. On ne le verrait même pas sur la scène! Mais un jour, j'irai en France et, là, j'achèterai tous ses disques.

– Qu'est-ce qu'on va raconter aux parents? a soudain demandé Naïa, comme si nous venions de faire une grosse bêtise.

J'ai haussé les épaules. Moi, mon père est journaliste. À son bureau, il a tout un tas de machines qui écrivent toutes seules les nouvelles du monde entier à longueur de journée, et même la nuit. Que ça se passe au Kamtchatka, en Terre de Feu ou dans la rue d'à côté, il est toujours au courant avant tout le monde. Parfois, je passe au journal rien que pour le plaisir de voir le grand ruban des nouvelles de la terre entière s'allonger jusqu'au plancher, datées minute par minute, comme une gigantesque oreille du monde.

Ça n'a pas raté ! Lorsque papa est arrivé, il était parfaitement au courant de la manifestation de la place de l'Hôtel-de-Ville. Il a pourtant voulu que je lui raconte tout jusque dans le moindre détail. Il avait l'air soucieux.

– Et à toi, ils ont dit quelque chose de particulier ?

– Non, rien. C'est surtout à Naïa qu'ils s'en sont pris.

Il a téléphoné à Naïa pour que, elle aussi, lui parle de ce qu'elle avait vu.

– Tes parents sont là ? a-t-il fini par demander.

– … Non.

– Peux-tu me donner le téléphone du travail de ton père ?

Et il s'est enfermé dans son bureau, comme chaque fois qu'il veut absolument ne pas être dérangé. Il m'a rejoint quelques instants plus tard :

– Elmir, j'ai un rendez-vous en ville, je te laisse…

– Tu vas voir le père de Naïa ?

– Petit curieux, va ! Je vais voir qui je veux, quand je veux et si je veux.

J'ai haussé les épaules : je déteste lorsqu'il me prend pour un bébé.

– Euh… je ferme à clé, surtout, tu n'ouvres à personne !

Avant même que je lui demande ce que c'était que cette nouveauté, il avait dévalé les escaliers. Depuis qu'on habite ici, les portes sont toujours ouvertes, sauf la nuit, et il ne s'est jamais rien passé.

Il vieillit, papa, ces temps-ci !

3

Dernière trouvaille des parents : interdiction de prendre le tram pour aller au collège ! Ils veulent nous y emmener en voiture. Je m'insurge, je tempête, je braille, je hurle, je pleure ! Rien n'y fait. Je vais avoir l'air de quoi, moi, devant les copains ? Un vrai bébé ! Ça va être ma fête ! Je les entends d'ici :

– Hé, Elmir, ta maman n'a pas oublié de changer ta couche, ce matin ? !

Parfois, je regrette d'être fils unique. Les enfants uniques, chez nous, c'est très rare. Les familles ont souvent huit, dix enfants et même plus. On serait douze, comme chez Ismène, les parents seraient bien obligés de me laisser aller seul au collège, à moins d'acheter un car…

D'autant que le tram, c'est important !

On y retrouve les copains, on discute, on s'échange des cassettes, on met sur pied tous nos petits trafics.

Tenez, en ce moment, par exemple, le grand truc, ce sont les game boy. Introuvables en ville ! Comme les cassettes de Michael Jackson ! À peine une dizaine de jeux circulent au collège, leurs propriétaires (ce sont presque tous des quatrièmes) les louent pour des sommes astronomiques : la moitié de mon argent de poche du mois ! Au régime habituel, on les garde trois jours ; au-delà, soit on les rapporte, soit on paie plus cher. Les listes d'attente sont interminables. Et puis certains n'ont pas assez d'argent pour les louer, alors ça fait des histoires à n'en plus finir. Mais avec Ismène, nous nous sommes mis d'accord : on va en louer un, deux jours chacun. Je paie les trois jours et lui, en plus de la journée supplémentaire, il va se débrouiller pour trouver dans le garage de son père un rétroviseur de vélo. On devrait avoir le game boy à la fin de cette semaine, mais c'est dans le tram que se font les échanges, alors aller au collège en voiture… Bonjour la galère !

La mère de Naïa nous accompagnera désormais chaque matin. La honte !

Le seul point positif, c'est qu'elle est très belle. Tout le monde, ses enfants, son mari, ses amis, l'appelle Mi. Je me demande si elle-même se souvient de son vrai nom. Elle a le même âge que maman, mais elle paraît beaucoup plus jeune. L'année dernière, elle avait rendez-vous au collège avec un professeur de maths. Elle passe devant la loge du gardien qui lui crie :

– Hep, vous ! C'est à cette heure-là que vous arrivez ? Z'avez un mot de vos parents pour votre retard ?

Mi est très coquette. Elle adore faire ce que la plupart des femmes d'ici n'osent pas. Quand elle a le temps (ce qui n'arrive pas très souvent), elle va sur les plages des clubs, là où les Européens en vacances vont se faire bronzer.

Parfois, elle met des shorts que sa sœur lui envoie de Paris, où elle travaille. On voit ses grandes jambes bronzées, alors qu'ici, même quand il fait très chaud, au plein cœur de l'été, les femmes ressemblent à des oignons, avec des tas de vêtements empilés les uns sur les autres. Lorsqu'elle marche dans la rue, les hommes se retournent sur elle. Et pour peu qu'elle passe devant le lycée, les grands s'accrochent tous aux grilles comme des singes à qui on jetterait des cacahuètes. Ils la sifflent, mais elle joue à celle qui n'entend pas. Ma mère dit qu'elle fait trop de provocation, qu'un jour ça finira mal.

D'ailleurs un jour, ça a failli mal tourner. Elle est tombée sur une bande de « barbus » qui l'ont prise à partie. Ils ont commencé à l'injurier et à la bousculer à cause de son short. Par chance, l'un d'eux l'a reconnue : elle avait soigné sa petite fille à l'hôpital quelques semaines auparavant. Ils ont finalement accepté de la laisser tranquille. Maintenant, elle s'habille toujours en pantalon. Mais il paraît que, pour les femmes, les « barbus » n'aiment pas non plus les pantalons.

Mi travaille dans un dispensaire pour les bébés, juste au pied de la colline où habite Ismène. C'est un grand bâtiment gris, triste et moche. Il y a longtemps, à l'époque de la colonisation, c'était l'hôpital militaire des Français. Le long des couloirs qui sentent l'eau de Javel, des dizaines et des dizaines de femmes attendent avec leurs bébés dans les bras. C'est le quartier le plus pauvre de la ville, les gens n'ont pas toujours assez d'argent pour manger correctement, alors leurs bébés sont souvent malades, ils ont des diarrhées, ou ils vomissent, certains sont maigres, d'autres ont plein de boutons partout.

Parfois, je vais avec Naïa chercher sa mère. Quand Mi sort de son bureau, on ne la reconnaît pas : habillée tout en blanc avec un petit chapeau sous lequel elle enfourne ses longs cheveux noirs, elle a l'air sévère. Elle nous adresse un signe distrait de la main avant de faire entrer une femme avec son bébé.

Dans la voiture, sur le chemin du collège, je supplie la mère de Naïa pour qu'elle nous dépose au moins dans la petite rue derrière le collège. Elle ne veut rien savoir et s'arrête juste devant l'entrée principale. À croire que les copains s'y sont donné rendez-vous : ils sont tous là !

– Hé ! Elmir, t'as un chauffeur particulier maintenant ?

– Oh ! Regardez les mignons petits enfants qui se font accompagner par leur maman !

Juste devant l'entrée, Ismène discute avec Larrid, son frère aîné. Ils rigolent en me regardant.

Je descends en piquant un fard terrible. Je donnerais tout pour disparaître sous terre !

4

Malgré l'hiver qui approche, le temps est si doux que l'après-midi, aux heures où le soleil donne sur les salles de cour, on ouvre grand les fenêtres.

Ça s'est passé pendant le cours d'histoire de monsieur Harnid.

D'abord, on n'y a pas prêté attention, et puis, peu à peu, les cris se sont faits plus précis. Des slogans, toujours les mêmes, repris par des milliers de voix : « É-tran-gers de-hors ! Gou-ver-ne-ment dé-mission ! » scandés de plus en plus fort, comme s'ils se rapprochaient, ou comme s'il y avait de plus en plus de monde. Le prof a d'abord fait semblant de ne rien entendre. Nous, on avait tous le nez tourné vers les fenêtres.

– Elmir, ferme ces fenêtres s'il te plaît !

Je me suis levé, c'est alors qu'on a entendu un murmure dans la classe :

– É-tran-gers de-hors ! É-tran-gers de-hors !

D'un bond, le prof s'est levé et a fondu sur Ismène, tout au fond de la classe.

– Qu'est-ce que tu viens de dire ? a-t-il demandé d'une voix sourde.

Tout pâle, Ismène a marmonné quelque chose qu'on n'a pas entendu parce qu'à ce moment-là, une détonation a ébranlé les vitres, immédiatement suivie des hurlements de la foule. Une épaisse colonne de fumée noire s'est élevée dans le ciel, du côté de la place du Marché, au cœur de la haute ville.

Nous nous sommes tous précipités pour nous coller le nez au carreau, même monsieur Harnid.

– Qu'est-ce qui se passe, m'sieur ? a demandé quelqu'un.

– Je n'en sais rien, a-t-il répondu d'une voix blanche.

Il restait vingt minutes de cours. Il nous a demandé de retourner à nos places.

– On reprend, a-t-il fait.

Mais personne, même pas lui, ne faisait attention à ce qu'il disait. On écoutait les cris, on regardait le panache de fumée qui coupait le ciel en deux et on guettait le hululement des sirènes de police qui convergeaient vers la place du Marché. Plus personne ne pensait à ce qu'avait dit Ismène. À la fin du cours, le principal est venu glisser quelques mots à monsieur Harnid qui a passé la main sur son visage, comme s'il voulait chasser un mauvais rêve. Il a quitté la classe sans nous dire au revoir.

– Qui d'entre vous habite le quartier du marché de la haute ville, ou qui le traverse pour rentrer chez lui ce soir ? a demandé la prof de français au début du cours suivant.

Ils étaient neuf à lever la main, dont Ismène.

– Vous attendrez ici à la fin du cours, monsieur le principal veut vous parler.

C'était le dernier cours de l'après-midi. J'aurais bien voulu savoir ce qu'il allait leur dire, mais maman nous attendait, Naïa et moi, à la sortie. Elle paraissait très nerveuse.

– Vite ! Vite ! Les enfants, j'ai à peine le temps de vous accompagner et je dois retourner travailler ensuite.

– T'as qu'à nous laisser rentrer comme avant, ai-je bougonné. On n'est plus des bébés.

– Écoute, Elmir, il ne s'agit pas d'être un bébé ou pas. Pour l'instant, c'est comme ça. Les événements en ville sont suffisamment graves… On ne veut pas vous laisser seuls dans la rue. Si tu crois que ça m'amuse de quitter mon travail pour vous prendre à la sortie du collège !

Il faut dire que le travail de maman, c'est sacré. Elle est sous-directrice de la bibliothèque municipale. Quand elle parle des livres, on croirait qu'elle parle de ses meilleurs amis. Il n'y en a que pour ses « petits chéris », c'est ainsi qu'elle les appelle. Souvent, le soir, lorsqu'elle revient à la maison avec un paquet de livres neufs qu'elle doit lire pour conseiller ses lecteurs, elle ne nous entend même plus.

– Je dois m'occuper de mes petits chéris, nous dit-elle dans un sourire, à papa et moi, alors faites comme si je n'étais pas là !

Et elle se plonge dans ses bouquins, ses petites lunettes perchées sur le bout de son nez telles des hirondelles sur un fil.

L'année dernière, elle a réussi à convaincre la municipalité d'acheter une vieille camionnette Peugeot. Tous les mercredis, elle bourre son vieux tacot d'albums pour les gosses, de livres d'images, de livres de photos pour les vieux et elle monte là-haut, dans la haute ville, à deux pas de chez Ismène, où presque personne ne sait lire. Au début, les gens étaient méfiants : ils se demandaient qui était cette folle qui venait leur prêter ces drôles d'objets qui ne servaient à rien. Et puis peu à peu, ils s'y sont habitués et attendent la camionnette de maman avec la même impatience que le retour des pêcheurs ou le marchand de plastique, quand il passe avec ses cuvettes, ses pots et ses bassines de toutes les couleurs.

Maman essayait de se faufiler dans les embouteillages qui étaient encore plus denses que d'habitude.

– Qu'est-ce qui s'est passé tout à l'heure ?... L'explosion ?

– Je... Je ne sais pas, un accident sans doute...

Maman ne sait pas mentir. Elle devient toute rouge et bafouille comme une petite fille qu'on aurait surprise à faire de grosses bêtises.

– Dis-moi pour de vrai ce qui s'est passé, ai-je insisté. Tu le sais !

Elle a fondu en larmes.

– Écoute, Elmir, ce n'est pas un accident, c'est un... un attentat. Voilà !

Elle sanglotait, des larmes pendouillaient au bout de son nez. Pour la première fois de ma vie, j'ai senti combien maman était fragile. À mon tour, les larmes m'ont piqué les yeux. J'ai passé mon bras autour de son cou en la serrant contre moi.

– Ce sont les « barbus » ? ai-je murmuré.

Elle a hoché la tête en essayant de sourire, mais c'était plutôt raté, ce sourire.

On n'a plus dit un mot. Les ambulances filaient vers l'hôpital, et les cars de police fonçaient à toute allure vers le lieu de l'explosion. À chaque carrefour, les hommes des services spéciaux de la police patrouillaient, habillés comme des militaires. Ils examinaient les passagers des véhicules comme si chacun d'eux avait été responsable de l'attentat. Partout, on n'entendait que le hurlement des sirènes.

– Tu fermes la porte à clé et tu n'ouvres à personne d'autre que nous, a ordonné maman en nous déposant, Naïa et moi, devant la maison. À voir la façon dont elle a attendu que nous entrions dans la maison pour repartir vers sa bibliothèque, j'ai réalisé que les parents avaient très peur.

5

Avec Naïa, nous restons seuls à la maison.

Ses parents ne peuvent pas quitter l'hôpital à cause des blessés de l'explosion. Sa mère a téléphoné : plusieurs enfants touchés par des éclats doivent être opérés tout de suite. Maman est retenue par une réunion, quant à papa, il vient d'appeler : il rentrera très tard à cause du numéro spécial qu'ils vont sortir sur l'attentat.

– Dis donc, demande-t-il au téléphone, Harnid, ce n'est pas un prof de ton collège ?

– Si, le prof d'histoire, l'attentat a eu lieu pendant son cours. Pourquoi ?

Il hésite avant de répondre :

– Sa fille est sur la liste des victimes...

Impossible de m'endormir : je revois tous les événements de la journée, les cris, l'explosion, la fumée, le geste de monsieur Harnid lorsque le principal lui a chuchoté quelque chose à l'oreille, à la fin de son cours. Je repense aussi à Ismène en train de murmurer tout seul au fond de la classe : « É-tran-gers dehors ! »

Papa n'arrive que vers trois heures du matin en faisant un boucan épouvantable : il ferme tous les volets de la maison en y mettant les barres de fer qu'on n'installe d'habitude que pour les vacances.

Le lendemain, très tôt, la sonnerie du téléphone me réveille en sursaut. Personne ne bouge dans la maison, je décroche finalement.

– Elmir ? Bonjour. Je suis Larman, le rédacteur en chef du journal… désolé de te réveiller si tôt, mais je dois absolument parler à ton père. Tu peux le réveiller ?

– Je vais voir, mais il s'est couché très tard hier.

– Je sais, mais c'est très important.

Papa ronfle doucement, tassé dans un angle du lit. Il n'a rien entendu ! Je le secoue à peine par l'épaule. Avant même que je comprenne ce qui se passe, il plonge la main sous son oreiller et en tire un revolver. Mes jambes flageolent. Il repose tout de suite son arme en se prenant la tête.

– Excuse-moi, Elmir, excuse-moi. Je suis complètement idiot, mais tu m'as fait très peur en surgissant comme ça dans la chambre. Qu'est-ce qui se passe ?

– Larman au téléphone…

J'ai une voix de vieille chèvre et je tremble tellement que je dois m'asseoir sur le lit des parents, incapable de retenir mes larmes. Jamais je n'ai vu cette arme à la maison ! Et pourquoi papa la place-t-il sous son oreiller ? Je suis complètement abasourdi.

Lorsqu'il revient, maman dort encore et moi, je claque toujours des dents.

– Viens, lance-t-il, on va se faire un petit déjeuner entre hommes.

Il ouvre les volets de la cuisine très lentement, en jetant des coups d'œil au-dehors, comme s'il redoutait quelque chose. Le jour rosit à peine l'horizon. Ça sent bon le café.

– Les terroristes ont encore frappé cette nuit. Ils ont mis le feu à un camion qui sortait de l'imprimerie du journal. Le chauffeur s'en est tiré sans mal, mais les journaux ont brûlé.

– Mais pourquoi font-ils ça ?

– Ils veulent faire régner leur loi dans le pays, et refusent que l'on puisse avoir une opinion différente de la leur. Les articles que l'on a écrits sur eux ne leur plaisent pas, et le numéro spécial qui sort demain sur l'attentat du marché encore moins, alors ils cherchent à nous impressionner, à nous faire peur.

– Et toi, ce que tu écris, ça leur plaît ?

– Non, pas du tout ! répond mon père en souriant.

– C'est pour ça que tu as acheté un pistolet ?

– Oui... Mais ce n'est pas un pistolet, c'est un revolver : il est automatique...

Papa prend une profonde inspiration.

– Depuis quelques jours, les journalistes qui écrivent des articles sur ces types-là sont menacés. Les rédactions des journaux reçoivent des lettres anonymes leur demandant de cesser immédiatement la publication des papiers les concernant sinon nous allons au-devant de graves ennuis. Ils sont capables de tout, c'est pour ça que j'ai acheté cette arme...

– Et c'est pour ça que tu as fermé tous les volets, cette nuit ?

Il hoche la tête.

– Pour ça aussi que tu ne veux plus que j'aille en tram à l'école ?

– Oui, la police nous a mis en garde. Il faut se méfier de tout le monde. On n'a bouclé le journal que vers une heure du matin, et pourtant ils étaient déjà au courant puisqu'ils ont pu incendier un camion.

Cela signifie que même chez nous, quelqu'un est de leur côté... À partir d'aujourd'hui, deux policiers vont m'accompagner toutes les fois que je me déplacerai en dehors de la maison. Larman voulait me prévenir. Ils ont trouvé de nouvelles menaces à côté du camion incendié.

– Tu vas avoir des gardes du corps ! Comme Michael Jackson ?

Par la fenêtre de la cuisine, le soleil entre maintenant à flots. Je regarde papa droit dans les yeux :

– Tu oserais tirer sur quelqu'un ?

– Je ne sais pas Elmir, soupire-t-il. Personne ne peut savoir... J'aimerais que le cas ne se présente jamais.

6

J'ai l'habitude de rester seul à la maison le jeudi. Maman travaille dans sa chère bibliothèque : c'est le jour où les gens empruntent le plus de livres ; quant à papa, il est de plus en plus souvent au journal. J'en profite pour faire la tournée des copains, aller au cinéma s'il me reste un peu d'argent ou flâner sur la plage. Mais en ce moment, pas de tram, pas de ciné, pas de plage, pas de sortie… Rien du tout !

Et je commence à m'ennuyer ferme !

Les gardes du corps de papa sont deux flics, plutôt sympas, habillés en civil. Ils connaissent des tas de sports de combat : le taekwondo, la boxe, le judo, etc. Parfois, lorsqu'ils sont en avance ou que papa n'est pas encore prêt, ils me montrent des prises de karaté sur le tapis. Ensuite, devant le miroir de la salle de bains, j'essaie de les refaire. Impossible de me souvenir de leurs noms : des trucs japonais imprononçables.

J'essaie de me mettre en condition en hurlant « KWAÏ ! » juste avant de lancer mon pied le plus haut possible, puis je me mets en garde et décoche vers la glace des coups de poing paralysants, et toc ! Juste à la base du cou. Vlan, dans le plexus !

Mais le cœur n'y est pas. La vérité, c'est que je m'ennuie à mourir. La télé retransmet le plus casse-pieds de tous les matches de foot de la terre. Naïa n'est pas chez elle.

Soudain, on sonne à la porte. Évidemment, interdiction d'ouvrir, mais il n'y a qu'une personne au monde pour garder le doigt appuyé sur le bouton jusqu'à ce qu'on vienne, c'est Ismène ! Ma mère lui a déjà dit que c'était plutôt malpoli et qu'un petit coup suffisait, mais lui s'en moque éperdument, il appuie et voilà tout !

– Salut, Elmir ! fait-il avec un grand sourire, tiens, j'ai le rétro pour ton vélo.

Il me le tend, enveloppé dans du papier journal. D'habitude, les jours de congé, Ismène aide son père au garage, il balaie l'atelier, transporte les bidons de vidange dans de grands fûts en tôle qui traînent dans un terrain vague, gonfle les pneus et bricole de la petite mécanique. En échange, le patron lui verse quelques sous qu'il doit remettre à son père. Certainement qu'Ismène a dû négocier dur avec lui pour ne pas travailler aujourd'hui. Il vient voir le game boy…

J'ai l'air fin ! Je n'ai pas encore osé lui dire que les parents refusent que je prenne le tram, ne serait-ce qu'une fois, pour que je puisse récupérer le jeu. La rage au cœur, je bafouille une vague explication, embrouillée et pleine de mensonges.

– Pas grave ! Ce sera une avance pour la prochaine fois.

Ismène, c'est le meilleur copain du monde…

– Hé, j'ai piqué le vélo de ma sœur, on fait un tour à la plage ?

La plage… Sûr que ce serait bien ! L'eau est trop fraîche maintenant pour se baigner, mais le temps est superbe. Programme idéal : j'emporte mes deux cannes, on s'installe sur la pointe, vers les rochers, et on se pêche une petite friture pour le soir. Mais voilà…

– Tu sais bien que mes parents ne veulent pas que je sorte.

– Pfff ! Qu'est-ce qu'ils vont en savoir tes parents ? Quand ils arriveront, on sera rentrés depuis longtemps.

– Et s'ils téléphonent ?

– Eh bien tu raconteras que tu étais au fond du jardin, ou que tu écoutais la télé tellement fort que tu n'as rien entendu ou… je ne sais pas, moi !

Il finit par trouver l'argument décisif.

– Et ton rétro ? Il faut bien l'essayer, non ?

Les clés, les boulons, les rondelles, Ismène connaît ça par cœur. Il me fixe le rétro en deux coups de cuillère à pot. Un super-rétro tout chromé, perché au bout d'une grande tige qui s'articule dans tous les sens. Je préfère ne pas lui demander d'où il le sort.

On pédale à toute allure contre le vent, c'est la première fois que je sors tout seul depuis plus d'une semaine. Sur la route, on croise un convoi de camions militaires qui remonte vers la ville. Depuis l'attentat, presque à chaque carrefour, des militaires et des policiers vérifient les papiers des passants et fouillent les coffres des voitures.

– Hé regarde, hurle Ismène, tu sais comment mon père les appelle, ceux-là ?

Je secoue la tête.

– Des cafards !

Au moment où l'on croise le dernier camion, Ismène lâche son guidon pour leur faire un pied de nez. Deux soldats le voient et nous crient :

– Vous allez voir, bande de petits merdeux, si on vous attrape, on vous met les fesses en compote !

Ismène éclate de rire en pédalant de plus belle.

Moi, je n'aime pas trop quand Ismène fait l'andouille. On ne sait jamais, si tous les camions avaient fait demi-tour pour nous poursuivre, on aurait eu l'air fin sur nos petits vélos…

La plage est presque vide. On cache quand même les vélos dans les rochers et on s'installe tout au bout de la pointe. Ismène tire le premier poisson, une petite daurade grise qui frétille comme une possédée dans le fond du seau. Pendant deux heures, on se parle à peine, juste un petit mot de temps à autre sur nos prises. C'est le bon moment de la journée, on appâte avec des berniques arrachées aux rochers. Dès que la ligne plonge dans l'eau, les poissons se précipitent : d'autres daurades, des vieilles et même un petit bar qu'Ismène sort de l'eau en hurlant de joie.

Au moment où le soleil se cache derrière le promontoire, mon inquiétude renaît. Je n'ai qu'une trouille : que les parents soient déjà rentrés ! Nous reprenons nos vélos et Ismène me montre une cabane au bout du promontoire, à quelques centaines de mètres. On ne la distingue presque pas des rochers.

– Je vais te dire un secret, un vrai ! Jure de ne jamais le répéter à personne !

Je promets en levant la main :

– Juré sur la tête de ma mère.

Je n'ai jamais compris ce que ça pouvait bien signifier, mais depuis la maternelle, c'est toujours comme ça qu'on dit.

– C'est là qu'on livre des armes aux « combattants de l'ombre », murmure Ismène dans un souffle.

Je le regarde, estomaqué.

– T'en es sûr ?

– Sûr ! Mon frère me l'a dit. Il en fait partie.

– Larrid ! C'est un « barbu » ?

– On ne dit pas un « barbu », réplique Ismène en haussant les épaules, on dit un « combattant de l'ombre ».

– Il faut prévenir la police ! Ce sont eux qui ont posé les bombes !

– Arrête de dire des idioties ! Ils font ça pour nous, pour libérer le pays de tous les étrangers et de tous les salauds qui s'enrichissent sur notre dos. Tu ne comprends pas que si on les laisse faire, notre pays va juste servir de réservoir de pétrole aux pays riches ! Ils se foutent de nous. Il faut leur montrer qui on est. Larrid m'a dit que c'était une vraie guerre qu'il fallait faire, que tous les jeunes devaient être avec eux. Alors dans une guerre, il y a forcément des bombes et des morts...

– Mon père dit que les « barbus » sont des terroristes et que s'ils parviennent à prendre le pouvoir dans le pays, on aura plus le droit de rien faire...

Ismène hausse les épaules en ricanant.

– Ton père, ce n'est pas parce qu'il écrit dans des journaux qu'il a raison. Larrid pense même que *La Liberté*, le journal de ton père, c'est un journal de vendus ! Un journal qui s'aplatit devant les Américains et les Européens !

J'ai la voix qui tremble en lui répondant.

– Larrid, il n'a qu'à la boucler, il n'y connaît rien... Tiens, par exemple, mon père dit que si les « barbus » dirigeaient le pays, les filles comme Naïa n'auraient plus le droit d'aller au collège, elles devraient rester chez leurs parents pour les aider. Et même que sa mère n'aurait plus le droit d'aller soigner les enfants au dispensaire !

Ismène rigole :

– Ça te gênerait drôlement, hein, si ton amoureuse ne venait plus au collège ?

7

À peine tourné l'angle de la rue, c'est comme si mon cœur s'arrêtait de battre. Juste devant chez nous, la chaussée est encombrée de voitures de pompiers et de police qui jettent de grands éclairs sinistres jusque sur les murs des voisins.

Les jambes molles, grignoté par l'angoisse comme une vieille cacahuète, je m'approche. Arrêté à distance, son sac de friture sous le bras, Ismène regarde la scène, intrigué. Papa s'approche de moi. Il a vieilli de dix ans en une seule journée. Son visage est gris, avec de grands cernes sous les yeux, il souffle, comme s'il avait eu du mal à respirer. En me serrant l'épaule, il murmure d'une voix rauque que je ne lui connais pas :

– Ne nous refais jamais ça, Elmir…

Les larmes aux yeux, je réponds d'une toute petite voix :

– C'est Ismène, il voulait qu'on aille pê...

Impossible de continuer ! Je viens d'apercevoir maman, affalée dans un fauteuil, les vêtements déchirés, le visage et les mains noirs. Le bas de ses cheveux frisotte comme s'ils étaient passés dans une poêle à frire. Les yeux fermés, elle se tient la tête entre les mains. Je me précipite. Pendant un long moment, nous restons en silence, serrés l'un contre l'autre. Elle a une drôle d'odeur, maman. Une odeur de brûlé, comme le jour où je me suis fait griller les poils des bras au-dessus d'un barbecue.

– Qu'est-ce qui est arrivé ? finis-je par murmurer, la voix entrecoupée de sanglots.

Elle ne m'entend pas et continue de me caresser la tête, le visage immobile, les yeux dans le vague.

Des piles de livres entassés à la va-vite encombrent l'entrée, des gros par-dessus des petits, des anciens, des tout neufs, la couverture de certains est déchirée, d'autres portent des traces noires, comme s'ils avaient été brûlés. Papa s'approche.

– « Ils » ont mis le feu à la bibliothèque cet après-midi. Deux types sont entrés comme de simples lecteurs, au moment où il y avait le plus de monde. Dans la grande salle, l'un d'eux a sorti un bidon d'essence dont il a aspergé les livres, l'autre a jeté un briquet et ils se sont enfuis à toutes jambes. En deux secondes, les flammes sont montées jusqu'au plafond. Tu imagines la panique. Les gens se sont bousculés pour atteindre la sortie, des gosses ont été piétinés, l'un est gravement blessé. Tu penses que dans un vieux bâtiment comme la bibliothèque, avec les poutres et les planchers en bois, le feu a pris comme une allumette ! En quelques minutes, les flammes ont gagné l'étage. Ta mère n'avait qu'une idée en tête : sauver les livres, elle les prenait par pleines brassées sur les rayonnages pour les jeter par les fenêtres. Elle a continué jusqu'à ce que les planches enflammées des plafonds commencent à tomber autour d'elle. Les pompiers ne l'ont sortie du bâtiment qu'au dernier moment, elle commençait à s'asphyxier. Ils ont voulu l'emmener à l'hôpital, mais elle se débattait tellement qu'ils ont fini par abandonner. Comme une automate, elle a chargé tous les livres dans sa voiture. J'ai foncé à la bibliothèque dès qu'on m'a prévenu, mais le temps d'arriver, elle était déjà ici… Elle n'a pas ouvert la bouche depuis que je suis là… Je viens d'appeler la mère de Naïa, elle arrive tout de suite.

Maman a vraiment une drôle d'allure. Pas tant à cause de ses vêtements déchirés et brûlés que de son visage qui garde une fixité inquiétante, comme si plus aucun muscle ne bougeait. Papa lui tient la main et l'appelle doucement :

– Zelma, Zelma. Ça va aller mieux, ne t'inquiète plus, c'est fini, maintenant... Tu as sauvé énormément de livres.

Mais elle reste plus immobile que jamais, comme si elle n'était pas là.

8

Dans le hall du collège, on est tous là, le nez collé sur l'affichette que le principal vient de punaiser.

En raison d'événements familiaux, monsieur Harnid n'assurera pas ses cours aujourd'hui et demain. Reprise prévue mercredi. Merci.

La fille de monsieur Harnid était à deux pas de la bombe lorsqu'elle a explosé au marché. Les pompiers et les secouristes l'ont sortie vivante des décombres, mais elle est morte pendant son transfert à l'hôpital.

Au collège, c'est le bazar des grands jours. Presque tous les collègues de monsieur Harnid assistent à l'enterrement de sa fille. Les élèves se retrouvent dans la cour, pas pressés de s'entasser dans les salles de permanence où les pions, excédés par le nombre inhabituel d'élèves, distribuent les heures de colle au kilomètre.

Seul le professeur de physique est présent. Certains l'ont vu entrer dans la salle des profs.

– Forcé, ricane Aoual, le prof de physique, c'est un « barbu ». Ce sont ses copains qui ont posé la bombe.

Je hausse les épaules. Aoual aime bien la ramener parce que son père est commissaire de police.

– Il n'a même pas de barbe, ton barbu…

– Justement, ce sont les pires, ceux qu'on ne reconnaît pas. Mon père dit qu'il y en a partout : dans les rues, chez nos voisins, même chez nos amis. Il faut se méfier de tout le monde ! Et moi je te dis que ce prof, c'en est un. Je l'ai aperçu dans la manifestation de l'autre jour…

– Même pas vrai ! s'insurge Zaïa, il est resté au collège parce qu'il fallait bien des profs pour nous surveiller pendant que les autres allaient à l'enterrement.

Aoual éclate de rire. Zaïa est amoureuse du prof de physique, tout le monde le sait ! Au début de l'année, elle avait laissé tomber une lettre dans sa sacoche. Une lettre de fille, écrite en rose avec plein de cœurs autour. Elle avait attendu la réponse pendant les cours suivants : résultat un 5/20 au premier contrôle !

Dans un coin de la cour, entouré d'élèves de toutes les classes, Ismène fait le malin. Depuis la haute ville, il a assisté à l'incendie de la bibliothèque, il répète sans arrêt une phrase qui le fait beaucoup rire :

– T'aurais vu les flammes, elles montaient si haut qu'elles léchaient le cul des nuages !

Les copains me posent des questions. Presque tous connaissent ma mère, avec sa vieille camionnette Peugeot bourrée de livres jusqu'à la gueule. Je n'ai rien à leur répondre, si ce n'est que depuis le drame, ma mère semble débranchée de la vie. Le matin, elle enfile sa veste, comme pour aller travailler, mais reste sur le pas de la porte, les bras ballants pendant que papa s'éloigne entre ses deux gardes du corps. Elle parle à peine, ne lit plus et passe ses journées immobile à côté de la fenêtre, les yeux égarés. Mais tout cela, je le garde pour moi.

– Qu'est-ce que vous faites là ? hurle soudain un pion, tout le monde en salle de permanence et au galop !

On se rabat en troupeau vers les portes. Bousculade générale : les grands de troisième font exprès de traîner des pieds, les petits se faufilent, tout le monde chahute. L'arrivée du principal remet un peu d'ordre.

– Ceux qui ont une autorisation de leurs parents peuvent rentrer chez eux, à condition de me la montrer avant.

Je n'en ai pas, évidemment, mais je tente quand même le coup en me mettant dans la file. Le principal jette un coup d'œil rapide sur les autorisations de sortie des élèves qui se bousculent. Mon tour arrive, le cœur battant, je présente l'autorisation en mettant le pouce à l'emplacement de la signature.

– C'est bon, lance-t-il en regardant déjà le suivant.

Je cours comme un fou à travers les ruelles de la vieille ville, bouscule les gens, me heurte aux vieux qui prennent le soleil d'automne sur le pas de leur porte. On me crie dessus :

– Peux pas faire attention, non ? Sale gosse !

Je ne me retourne même pas et continue ma cavalcade.

Malgré l'attentat, le marché se tient quand même sur la place. On a entassé les décombres dans un coin et les gens se pressent, toujours aussi nombreux. Dans les rues proches, les paysans, installés à même le sol, étalent sur des nattes d'osier des fromages de chèvre, des œufs, des légumes et quelques volailles. Devant eux, les minuscules gobelets de café très fort et très sucré qu'ils boivent pendant toute la durée du marché. Je m'emmêle les pieds dans une corbeille de citrons qui dévalent la rue en pente. En hurlant des injures, le marchand m'attrape par un pan de ma chemise et cherche à me mettre une gifle, mais je me débats tellement qu'il s'étale dans un panier d'œufs sans lâcher ma chemise qui se déchire. Je galope à toutes jambes tandis qu'un gros type tente de me barrer le passage. Comme au foot : je fonce droit sur lui, et au moment où il croit m'attraper, hop ! changement de pied. Il m'attendait à gauche et je détale à droite. Hors d'haleine, je m'échappe en laissant ces imbéciles vociférer pour quelques citrons et je descends quatre à quatre les escaliers qui mènent au port.

Le cœur à mille à l'heure, la bouche sèche, la gorge douloureuse d'avoir tant couru, je ne m'arrête que devant la bibliothèque de maman. Ce qu'il en reste plutôt… Un tas de pierres noircies, de poutres enchevêtrées, de ferrailles tordues par le feu et de tuiles éclatées sous la chaleur. Au sol, l'eau répandue pour éteindre l'incendie forme des flaques boueuses où les pigeons viennent se baigner. Les immeubles les plus proches sont maquillés de noir de fumée. Adossé contre un mur, j'éclate en sanglots. Un ruban fluo tendu tout autour de l'ancien bâtiment empêche les curieux d'approcher. J'en fais le tour, la vue brouillée par les larmes. Derrière, dans la cour, la vieille camionnette Peugeot de maman semble avoir miraculeusement échappé aux flammes, mais en approchant, je constate que les vitres ont explosé et que, sous la chaleur, les pneus ont éclaté.

De l'autre côté du ruban, un livre traîne par terre. Il n'a pas l'air abîmé, sa couverture est juste un peu déchirée. Je me faufile, ce sont *Les Aventures du capitaine Hatteras* de Jules Verne. Ses pages ont pris l'humidité, je les sépare délicatement. Je vais le rapporter à maman…

Un énorme coup de pied aux fesses me fait soudain plonger en avant, je m'étale de tout mon long dans une flaque de boue. Un gros flic aboie :

– Tu ne sais pas lire, toi ? C'est interdit de venir fouiller ici !

– Je ne fouille pas, m'sieur. Je veux juste sauver ce livre. Je suis le fils de la bibliothécaire…

– C'est ça, et moi je suis la reine d'Angleterre, ricane-t-il en m'attrapant le bras et en lançant le livre de l'autre côté du ruban. File d'ici !

Il me serre si fort que je ne sens plus ma main.

– Mais c'est vrai, m'sieur, je suis son fils. Vous pouvez demander à tout le monde, je viens souvent l'aider.

– Allez, sale petit voleur, dégage avant que je me fâche, et que je ne t'y reprenne plus !

Je rôde encore un peu autour des décombres de la bibliothèque, mais le gros flic m'a à l'œil. Par chance, le Jules Verne n'est pas retombé dans une flaque. Je me jure que malgré ce gros lard, je rapporterai le livre à maman.

En revenant vers le collège, je passe rue Haftine. L'échoppe de Nourrédia est ouverte.

– Si c'est pas une misère, des choses pareilles ! explose-t-elle en me voyant arriver. Des sauvages, ce sont des sauvages ! Mettre une bombe dans un marché où il y a des femmes et des enfants, c'est la pire des lâchetés, mais – elle se fige, avec sa grosse écumoire toute dégoulinante d'huile – faire brûler une bibliothèque, c'est presque pire…

Elle sort les beignets de la friture.

– … C'est comme s'ils tuaient notre mémoire, nos pères, nos grands-pères et les grands-pères de nos grands-pères. Comme s'ils assassinaient tout le pays ! Et c'est une vieille bonne femme comme moi qui ne sais même pas lire qui te le dit, ajoute-t-elle en déposant l'assiette fumante devant moi.

9

Trois jours plus tard, pour la première fois de ma vie, papa m'attend à la sortie du collège. L'un des gardes du corps se tient juste derrière lui, tandis que l'autre, assis sur le capot de la voiture, prend l'air d'un père qui attend son gamin. En fait, ils surveillent chacun des passants, prêts à intervenir au moindre geste suspect.

Mon père me fait un signe de la main. Les rides de son front se sont encore creusées ces derniers jours.

– Elmir, commence-t-il en me prenant par l'épaule, ta mère est très fatiguée depuis l'incendie de sa bibliothèque. Elle a besoin de se reposer dans un endroit calme, à l'écart de tout ce qui se passe en ce moment. Alors cet après-midi, je l'ai emmenée dans une maison de repos que les parents de Naïa m'ont conseillée. C'est au bord de la mer, elle va y rester quelque temps. Pour nous revenir en pleine forme... ajoute-t-il avec un sourire qui n'en est pas un.

– C'est un hôpital ?

– Un petit peu...

– Et elle ne pouvait pas se reposer à la maison ?

Je sens un nœud se former au fond de ma gorge.

– C'est mieux pour elle d'être éloignée de tous les soucis. Mais on va se débrouiller comme des chefs, tous les deux. Allez, je t'emmène la voir, mais tu ne lui feras qu'un petit coucou de l'extérieur, par la fenêtre, les enfants n'ont pas le droit d'entrer.

Je préférais ne pas y aller, mais c'est trop difficile à expliquer.

Nous longeons la côte. Les plages sont désertes, les attentats ont fait fuir les derniers touristes. Aux carrefours, des policiers habillés en kaki, comme des militaires, contrôlent les voitures. Lorsqu'ils arrêtent la nôtre, le fait que deux de leurs collègues soient à l'intérieur ne les empêche pas de demander les papiers d'identité de papa et de vérifier le contenu du coffre.

À une trentaine de kilomètres de la ville, nous obliquons à gauche vers une grande bâtisse noyée au milieu d'arbres : des palmiers gigantesques, des citronniers et des figuiers qui commencent à perdre leurs feuilles.

– C'est là, murmure papa.

Nous nous arrêtons devant un bassin où traînent quelques poissons rouges sous de grosses feuilles de nénuphar. Assis sur des bancs, des hommes et des femmes silencieux nous observent, beaucoup ont le même regard lointain que maman. Un regard de poisson rouge.

– Deuxième étage, la troisième fenêtre… Attends un peu, je vais la prévenir que tu es là…

Le nez en l'air, j'attends. Le vent porte jusqu'ici le bruissement de la mer toute proche. Le rideau s'écarte, maman apparaît, pâle et mal peignée. De la main, je lui fais un petit signe auquel elle répond à peine. Nous nous regardons un moment, puis le rideau efface son visage.

Je repense aux *Aventures du capitaine Hatteras* que j'ai dû abandonner à l'emplacement de la bibliothèque. Je suis certain que les rapporter à maman la guérirait. Certainement mieux que cette grande bâtisse triste face à la mer…

10

Minuit passé.

Vers dix heures, papa s'est écroulé de sommeil.

Je sors de mon lit, me rhabille sans bruit et me faufile hors de ma chambre. Au moindre craquement du plancher, je me fige, m'attendant à voir papa surgir armé de son pistolet, comme l'autre jour. Mon vélo m'attend dehors avec une lampe de poche et mon canif. J'ouvre sans bruit la porte de la cuisine. Il fait nuit noire, une nuit sans lune, tellement douce, quoiqu'on soit déjà fin octobre, que les grillons stridulent encore.

Je pédale à toute allure vers le centre-ville. Les rues sont désertes. Quelques chiens flairent les poubelles, les font tomber et se poursuivent ensuite en aboyant, des chats se terrent sous les voitures à mon approche. Depuis deux semaines, il faut une autorisation spéciale pour circuler en ville après dix heures.

J'aime mieux ne pas imaginer ce qui se passerait si papa me savait ici. L'année dernière, pour mon anniversaire, les parents m'avaient emmené manger une glace sur le port. Ces mêmes rues étaient noires de monde, des promeneurs, des familles qui profitaient de la fraîcheur, des marchands de thé et de réglisse…

Soudain, vers la place de l'Hôtel-de-Ville, deux phares crèvent l'obscurité. Une jeep de la police apparaît et remonte l'avenue dans ma direction. Tremblant comme une feuille, je me terre derrière les arcades des boutiques. La jeep roule lentement, à la recherche de ceux qui ne respectent pas le couvre-feu.

Les gueules d'acier des pistolets-mitrailleurs sont braquées sur chaque côté de l'avenue. De temps à autre, à l'arrêt, les policiers allument un projecteur qu'ils dirigent sur les arcades, les ombres géantes des piliers envahissent toute l'avenue. La jeep se rapproche, le grondement menaçant du moteur résonne contre les pierres. Le souffle court, les mains poisseuses de sueur, j'entends les policiers stopper à quelques mètres de moi. La lumière jaillit et l'éclat aveuglant du projecteur balaie les façades des boutiques, je ferme les yeux, la poitrine en feu à force de retenir ma respiration. Lorsque j'entrouvre de nouveau les paupières, le pinceau lumineux s'attarde sur chaque arcade, explore chaque recoin, se rapproche et vient effleurer la roue de mon vélo qui dépasse du pilier. Le mouvement du projecteur cesse aussitôt, fixé sur ma roue dont les rayons se projettent comme une immense toile d'araignée contre le mur, à quelques centimètres de moi. Mes jambes flageolent. Je suis perdu. Qu'aurait fait le capitaine Hatteras à ma place ?

– Ce n'est qu'un vélo de gosse, fait la voix d'un policier.

– Eh bien ! Il n'a pas peur de se le faire piquer, répond une autre voix.

– On jette un œil quand même ? suggère une troisième voix.

Pendant un moment interminable, personne ne répond. La sueur de mon dos trempe la pierre contre laquelle je m'aplatis.

– Laisse tomber ! finit par lâcher la première voix. On n'est pas payés pour surveiller les bicyclettes des gamins.

Le faisceau du projecteur s'éteint et la jeep repart à petite vitesse. Je me laisse tomber sur les pavés, secoué par de grands sanglots silencieux, frissonnant malgré la douceur de la température. Il faut que je reparte. Je laisse mon vélo après l'avoir cadenassé. Maintenant que je ne suis plus très loin de mon but, j'ai besoin de toute ma liberté de mouvement. Je passe par les petites rues. Tous les réverbères sont éteints après dix heures, mais les lumières filtrent sous les portes, laissant échapper des bruits de conversations et de musique. Parfois un volet s'ouvre, libérant une flaque de lumière rectangulaire, je me plaque alors contre le mur, attendant que les silhouettes disparaissent pour me risquer de nouveau.

La masse noire des ruines de la bibliothèque se dresse devant moi. Quelle heure peut-il être ? Pas moins d'une heure du matin, certainement. J'ai oublié ma montre. Embusqué derrière le pignon d'une maison, j'observe les allées et venues des deux flics de garde. Ils discutent en faisant les cent pas le long du ruban de protection. Le livre de Jules Verne doit être devant moi, à quelques mètres de l'endroit où je me cache, c'est par là que le gardien l'a jeté hier. J'espère de tout cœur que personne n'y a touché. Les deux policiers s'éloignent, j'avance de quelques pas et m'embusque derrière un muret. Ils remontent de nouveau le long du bâtiment incendié, s'arrêtent à proximité du muret et allument une cigarette.

– Tu peux me dire à quoi ça sert d'user nos semelles à surveiller ce tas de cailloux carbonisés ? demande l'un.

– Personne ne doit y toucher avant le passage des experts.

– Des experts ! ricane le premier, comme s'il y avait besoin d'eux pour savoir qui a mis le feu...

Ils repartent, j'attends que leurs silhouettes se fondent dans la nuit. Devant moi, un large passage à découvert. Je prends une profonde inspiration et fonce de l'autre côté.

Ça y est, j'y suis ! Au moment où j'atteins le ruban de protection : cling dicling clong ! Je shoote dans une boîte de conserve qui traînait par terre. Elle dévale interminablement la rue dans un vacarme épouvantable. Paralysé de terreur, j'attends la catastrophe. Des pas précipités, la lueur de torches.

– Passe de l'autre côté, crie l'un des policiers.

Ils se rejoignent devant moi, leurs armes à la main ; leurs torches braquées sur les décombres explorent méthodiquement les ruines de la bibliothèque. Le souffle court, blotti derrière un tas de moellons, je suis des yeux leurs faisceaux qui s'entrecroisent au-dessus de ma tête.

– C'était un rat, suggère le premier.

– Peut-être… J'ai pourtant cru entendre des bruits de pas.

Pendant un moment les deux policiers fouillent encore la nuit de leurs lampes avant de les éteindre une à une et de repartir, comme à regret. Terrorisé, je n'ose plus sortir de ma cachette, à la moindre pierre qui roule, mes deux lascars vont rappliquer dare-dare et tout fouiller de fond en comble. Si je m'écoutais, je filerais à toutes jambes, mais le livre est là, tout proche. Je l'ai vu quand les torches l'ont éclairé l'espace d'un instant.

Je repense à maman, à la maison de repos et à son visage derrière la fenêtre. En essayant de maîtriser mon tremblement, je me coule hors de mon trou et avance à tâtons vers le livre. Impossible d'allumer ma lampe de poche, je palpe doucement autour de moi pour essayer de le retrouver. J'avance pas à pas, les mains tendues devant moi, explorant du bout des doigts chaque recoin, comme une fourmi avec ses antennes.

Ça y est ! Je le sens ! Ma main se referme sur lui. Je retourne en me faufilant vers ma cachette et éclaire le livre l'espace d'une seconde, juste le temps d'en vérifier le titre. Les grosses lettres noires me sautent aux yeux : *Les Aventures du capitaine Hatteras.*

Je ne sais plus si je suis fier de l'avoir fait pour maman ou terrifié à l'idée que papa est peut-être réveillé, en train de se demander où je suis.

Je guette le passage des deux policiers pour m'enfuir par les petites rues. Mais au moment où je vais m'élancer, alors qu'ils sont à l'opposé du bâtiment, un bruit de voiture me fait reculer dans l'ombre, ses phares éclairent les vestiges de l'incendie. Elle ralentit pour tourner à l'angle de la bibliothèque.

Trois hommes sortent alors de l'ombre, ils n'étaient qu'à quelques mètres de moi, je ne les avais pas remarqués. Un bruit de verre cassé, une rafale d'arme automatique, un bref silence… Soudain, la voiture s'embrase d'un coup tandis que les trois hommes s'enfuient. Tout s'est déroulé en quelques secondes. Muet de terreur, le cœur au bord des lèvres, je me dresse hors de ma cachette. Les flammes ont déjà dévasté l'intérieur de la voiture dont les montants se tordent sous la chaleur. Les deux policiers accourent, médusés, la main en visière au-dessus des yeux pour se protéger de la chaleur. L'un d'eux piaille d'une voix aiguë dans sa radio portative. Le brasier dessine des ombres effrayantes sur les ruines de la bibliothèque.

Des fenêtres s'éclairent. Malgré le couvre-feu, des

gens accourent, de plus en plus nombreux, le visage bouffi de sommeil, hébétés. D'autres crient, hurlent des ordres contradictoires.

– De l'eau, vite !

– Éloignez-vous, ça va exploser !

Déjà, venant du port, on entend les sirènes des ambulances et des voitures de police.

De ma fuite, je n'ai de souvenir que l'image d'une course haletante à travers les ruelles de la vieille ville et le hululement des voitures de police qui fonçaient vers le lieu du drame, réveillant toute la ville sur leur passage. J'ai pédalé droit devant moi, aveuglé de terreur, les yeux brouillés de larmes, le précieux livre de Jules Verne serré entre ma chemise et ma peau.

À la maison, la lumière du bureau de papa est allumée ! Il est réveillé ! Une peur que je n'ai jamais ressentie me tord le ventre. Comme une mécanique, je me glisse par la porte de la cuisine, la voix de papa résonne dans la maison. Il téléphone ? À deux heures du matin ! Je me faufile dans ma chambre, passe mon pyjama, cache Jules Verne sous le matelas et me mets au lit.

Je claque tellement fort des dents que ça doit s'entendre jusqu'au bout de la rue, mes muscles sont si tendus que j'en ai mal. Papa s'approche et entrouvre ma porte, je serre les dents, essayant de copier la respiration régulière de quelqu'un qui dort. Il murmure quelque chose et repart sans faire de bruit. J'ai cru entendre des sanglots dans sa voix…

Sans cesse, les images de tout à l'heure reviennent me hanter : ces trois silhouettes sûres d'elles, rapides, précises, surgies d'on ne sait où et disparues aussi rapidement, le bruit du verre, les claquements secs de l'arme et puis cet embrasement soudain de la voiture, le crépitement des flammes. J'en tremble de fièvre et de peur au fond de mon lit.

C'est impossible, j'ai dû me tromper ! Au moment où la voiture s'embrasait, j'ai pu voir le visage des terroristes : l'un d'eux était Larrid, le frère d'Ismène !…

11

Terrassé de fatigue, je m'endors d'un mauvais sommeil, entrecoupé de cauchemars et de réveils en sursaut, le corps inondé de sueur.

Il doit être très tôt, papa fourrage déjà dans la maison. Je tends la main vers mon réveil : cinq heures et demie. Pourquoi s'est-il levé si tôt ? Impossible de me rendormir, le visage de Larrid se découpant sur la voiture en flammes m'obsède. C'était lui, j'en suis certain. Larrid. Un terroriste, un « combattant de l'ombre », un assassin ! Un type comme ceux qui avaient mis le feu à la bibliothèque et posé la bombe au marché... C'est impossible. Pas le frère d'un ami ! Le frère d'Ismène, mon meilleur ami ! Je le connais, il me connaît, on se croise souvent en ville, presque tous les jours. J'essaie de me convaincre que je me trompe, mais non... Aucune erreur possible, c'était bien lui ! Soudain, papa entre dans ma chambre. Je ne l'ai pas entendu venir, je pensais à Larrid.

– Tu ne dors pas ! demande-t-il comme si ça ne se voyait pas.

– Non, je... je pensais à des choses.

Ma voix tremble. Papa semble exténué, avec ses vêtements tout froissés, un teint jaune que je ne lui connais pas et ses yeux cernés.

– Elmir, je dois partir tout de suite au journal... Il s'est passé des choses très graves, cette nuit...

Je me tends comme un arc.

– On a assassiné Larman, le rédacteur en chef. Il a été pris dans une embuscade avec ses gardes du corps, devant la bibliothèque.

Je m'écroule en larmes. Papa s'approche et me serre contre lui en silence. Je ne pleure pas la mort de Larman, je pleure à cause de Larrid.

– Habille-toi tout de suite, murmure-t-il, je te dépose chez Naïa.

Le père de Naïa est un gros bonhomme impressionnant. Je ne l'ai pas souvent vu, il passe plus de temps dans son hôpital que chez lui. Dès que j'arrive, il m'accueille avec un grand sourire, tout ébouriffé. Son gros nombril poilu apparaît entre les boutons distendus de sa veste de pyjama.

– Pour les lève-tôt, il faut un petit déjeuner sérieux, annonce-t-il en déposant devant moi ce qui doit être une soupière de lait et un énorme pain au sésame recouvert d'au moins un kilo de miel qui dégouline jusque sur le carrelage. Lui s'attable, face à moi, devant une bassine de café qu'il engloutit comme un ogre, en croquant à même une plaque de nougat aux pistaches. Les miettes dégringolent dans son pyjama entrebâillé. Je pignoche mon pain du bout des lèvres.

– Hé, il faut que tu manges, mon bonhomme, si tu ne fais pas le plein de carburant, tu vas tomber en panne au milieu de la matinée... Tu préfères ça ? demande-t-il en cassant un énorme bout de nougat.

Je secoue la tête, le père de Naïa vient poser sa main sur mon épaule.

– Tu t'inquiètes pour ton père, hein ? Ne t'en fais pas ! Il est encadré par deux flics capables de transformer tous ces imbéciles en steaks hachés. Avec deux gaillards comme ça, il est hors de danger. Le moindre geste et couic ! Comme ça !

Il presse l'éponge de ses grosses mains comme s'il étranglait quelqu'un. Toute l'eau ruisselle sur ses pieds.

– Et merde !...

J'éclate de rire. Il me regarde en fronçant les sourcils comme s'il allait se fâcher et finit par sourire :

– Tu rigoles, c'est bon signe, il ne te reste plus qu'à manger pour reprendre vie. Bon, dis donc, ce n'est pas tout ça, mais j'opère ce matin à l'hôpital, alors je m'habille et je file vite fait sur le gaz. Fais comme chez toi, et je te confie la lourde tâche d'aller réveiller ta petite chérie vers sept heures...

Je le regarde en rougissant comme une tomate.

– Bah oui, quoi ? Ce n'est pas ta petite chérie, Naïa ? Bon, alors ne me regarde pas comme si je te l'apprenais !

Quelques minutes plus tard, il réapparaît, sa chemise débordant de son costume, son nœud papillon tout de travers et pas peigné. Il m'adresse un clin d'œil en partant.

– Et n'oublie pas de la réveiller...

Par la fenêtre, je le regarde partir. Deux types à moto l'attendent devant sa porte. Il s'approche d'eux pour discuter un bref moment. Dès que sa voiture démarre, les motards lui emboîtent le pas.

Le père de Naïa a aussi des gardes du corps !...

12

À l'enterrement de Larman, tout le monde pleurait. Même Moulay, le journaliste sportif du journal, un type immense, fort comme un Turc, qui avait été champion de boxe amateur quelques années auparavant dans la catégorie « super-lourd ». C'était curieux de voir son visage tout cabossé qui ruisselait de larmes.

Les journalistes de *La Liberté* avaient sorti ce jour-là un numéro qu'ils offraient à toutes les personnes présentes. Toutes les pages étaient noires, sans un seul article, sauf la une où on pouvait lire en grosses lettres blanches :

VOICI À QUOI RESSEMBLERA VOTRE JOURNAL SI ON LAISSE AGIR LE TERRORISME.

Avec papa, nous nous tenions à côté de la femme de Larman et de ses enfants. Dès l'annonce de la mort de son mari, elle avait décidé de quitter le pays et de se réfugier en France. Ses billets d'avion étaient déjà pris.

En revenant en cours, l'après-midi de l'enterrement, j'ai croisé Larrid. Depuis qu'il a quitté le collège, il n'a pas de travail. Il gagne un peu d'argent à gauche et à droite, sur le port, au marché ou en bricolant dans le garage où son père travaille. Mais la plupart du temps, il ne fait rien. Certains disent qu'il participe à des trafics pas très honnêtes. Il se promenait comme si de rien n'était. Comme si je ne l'avais pas vu tuer Larman quelques jours auparavant. Il m'a fait un petit signe de la main et je me suis mis à trembler comme une feuille en claquant des dents.

– T'as pas l'air bien en forme, Elmir, a-t-il lancé en me souriant.

– Si, si. Bien, ai-je murmuré sans qu'il m'entende.

Et il a continué son chemin en discutant avec ses copains. Parfois je me demande si je n'ai pas rêvé. Mais je sais bien que non.

Je n'ai toujours rien dit à papa au sujet de Larrid. Je suis le seul à savoir. J'y pense sans cesse, au collège

– où je ne fais plus attention à rien –, à la maison, le matin, le soir. Mais c'est surtout la nuit que les images de l'attentat me reviennent, avec le visage de Larrid se découpant sur les flammes. Plusieurs fois, j'ai failli lâcher le morceau et tout dire à papa, mais au dernier moment, les mots restaient bloqués au fond de ma gorge.

Quelques jours après l'enterrement de Larman, en arrivant à la maison, papa avait une drôle d'allure. Il avait épaissi, comme s'il était devenu plus gros en un seul jour.

– T'as passé ta journée au restaurant ? ai-je rigolé en lui tapant sur le bide.

Ça a fait « schponk ».

– Tu veux te battre, petit gars ? Il a souri en se mettant en garde.

On a échangé quelques coups. Comme avant les attentats, papa a fait son foutraque en imitant Moulay lorsqu'il commente un match de boxe à la radio :

– … Et voici Elmir qui attaque d'un superbe direct du droit, mais son père esquive et réplique immédiatement d'un étourdissant crochet gauche. Un instant décontenancé par ce contre, Elmir revient à l'assaut avec une magistrale série d'uppercuts qui atteignent son adversaire droit au ventre !…

Et chaque fois que je le touchais, on entendait le même « schponk », comme si j'avais tapé contre un mur.

– C'est de la triche, ai-je fini par dire, tu as avalé une enclume !

– Tu as presque raison, a-t-il répondu en relevant son pull.

– Qu'est-ce que c'est que ce truc ?

Il portait une sorte de carapace verdâtre qui lui prenait tout le ventre et la poitrine.

– Un gilet pare-balles…

– Un gilet pare-balles, ai-je répété d'un air parfaitement idiot. Pour quoi faire ?

– Elmir, ce matin, j'ai accepté de devenir le nouveau rédacteur en chef du journal. Ça signifie que je vais être obligé de faire encore plus attention qu'avant. Voilà tout.

– Pour que ça ne se passe pas comme avec Larman ? ai-je articulé.

– Exactement…

13

Comme d'habitude depuis plusieurs semaines, des patrouilles surveillent les carrefours, arrêtent les voitures, examinent les papiers des passagers et fouillent les coffres. Mais ce matin, alors que Mi nous emmène au collège, les policiers et les militaires sont encore plus nombreux que les jours précédents. Des soldats en kaki circulent à bord de jeeps, pistolet-mitrailleur au poing, des dizaines de cars de police s'alignent le long des trottoirs, des gendarmes remontent les rues par groupes de trois.

Des policiers nous arrêtent au carrefour de l'hôtel de ville : vérification des papiers.

– Qu'est-ce qui se passe encore ? soupire Mi.

– Contrôles renforcés, madame, ce sont les ordres. Je n'en sais pas plus.

Nous nous faisons contrôler une seconde fois juste devant le collège, ce qui n'est encore jamais arrivé.

– Je n'aime pas cela, les enfants ! Surtout, interdiction absolue de sortir du collège tant que l'un de nous n'est pas venu vous chercher, murmure-t-elle d'une voix inquiète.

Le principal se tient devant la porte.

– Par ici ! Tout le monde dans la cour, s'il vous plaît. Personne ne monte dans les étages.

Derrière lui, un capitaine de gendarmerie habillé en treillis dévisage chacun de nous de ses petits yeux gris, réduits à une simple fente dans son visage.

Dans la cour, une longue rangée d'hommes en armes bloque l'entrée des bâtiments. Les élèves du collège – presque mille – se tiennent à distance, massés vers le gymnase. On entendrait voler une mouche. Avec Naïa, nous nous faufilons dans la foule en tâchant de repérer des enfants de notre classe. Nous finissons par retrouver Aoual et quelques autres, adossés aux panneaux de basket.

Tout le monde lève le nez vers les étages. De temps en temps des silhouettes de policiers se profilent derrière les fenêtres. Ils fouillent chaque classe, chaque casier. Le bruit court qu'ils vérifient même les cahiers. Des ombres passent et repassent, coiffées de casquettes, l'arme en bandoulière. Les minutes s'effilochent. Le même silence pesant règne dans la cour. Des cris éclatent soudain au premier étage, vers la salle des profs, comme si quelqu'un se débattait. Une vitre vole en éclats et une mallette atterrit au beau milieu de la cour, tandis que les cris continuent. Quelques élèves s'approchent pour la ramasser, mais un gendarme se met aussitôt devant en faisant signe de reculer.

En salle des profs, les cris et les injures continuent. Les reflets des vitres empêchent de bien distinguer ce qui se passe, on discerne vaguement des policiers qui tentent de maîtriser un homme.

– Ils arrêtent le prof de physique, murmure Aoual. C'est sa mallette qui est tombée.

Je hausse les épaules, inquiet malgré tout : pas de doute, cette mallette ressemble beaucoup à la sienne. Le bruit se répand comme une traînée de poudre :

– Ils arrêtent le prof de physique ! Ils arrêtent le prof de physique !...

La porte du grand escalier s'ouvre brutalement, laissant passer un groupe de plusieurs gendarmes, l'arme au poing. Au milieu d'eux, soutenu par les épaules, menotté, la veste déchirée, l'arcade sourcilière en sang, notre prof de physique. Zaïa fond en larmes. Les gendarmes l'entraînent très vite, pas assez cependant pour l'empêcher de hurler à la cantonade :

– Dieu combat aux côtés des siens ! Dieu combat aux côtés des siens !

– J'aurais dû parier, me souffle Aoual à l'oreille.

Un murmure de protestations se répand dans la foule des élèves. Impossible à localiser, le grondement monte de partout et de nulle part, comme un début de tempête. Le prof de physique est un des plus appréciés du collège. Il parsème ses cours de plaisanteries, n'hésite pas à discuter avec les plus grands à qui il offre des cigarettes en cachette, et a la réputation de ne jamais enfoncer un élève lors des conseils de classe. Des militaires se rapprochent tandis que le capitaine de gendarmerie hurle :

– Silence ! Je ne veux rien entendre ! Compris ?

Nous attendons encore plus d'une demi-heure. Comme pour annoncer l'hiver, un petit crachin se met à tomber et nous transperce jusqu'à la peau. Un homme s'approche du gradé en lui tendant une liasse de papiers. L'autre les lit, le front plissé, avant de les passer au principal. Ils échangent quelques mots et le principal s'approche de nous.

– Les gendarmes viennent de trouver ceci dans les vestiaires du gymnase. Ce sont des tracts incitant les jeunes à… à rejoindre les « combattants de l'ombre »… Je rappelle à tous qu'il est non seulement interdit de faire de la politique à l'école, mais qu'en plus le groupe des « combattants » est un groupe clandestin, interdit dans tout le pays…

Les deux hommes échangent un rapide coup d'œil.

– En accord avec les autorités, il n'arrivera rien à ceux qui ont apporté ces tracts ici. Le capitaine fermera les yeux, mais en échange, il veut savoir d'où viennent ces tracts et qui vous les a procurés…

Un énorme silence s'installe sur toute la cour.

– Je le répète, reprend le principal au bout d'un moment interminable, personne ne sera inquiété, je m'y engage.

Le silence revient.

– Faudrait d'abord nous trouver, crie soudain une voix.

Le capitaine et le principal sursautent. Personne ne bouge. Les petits yeux gris et vifs du militaire scrutent les centaines de visages tournés vers lui. Sans un mot, il reprend la liasse de papiers des mains du principal et se retourne pour lancer un ordre à ses hommes. C'est à ce moment qu'une pierre atterrit à ses pieds. À l'endroit exact où il se trouvait une seconde auparavant. Le collège semble statufié.

– Je vais repartir, dit-il d'une voix calme. Nous avons arrêté ce matin un clandestin extrêmement dangereux, en dépit de ses qualités de professeur et de la confiance que certains d'entre vous lui portaient. Monsieur le principal sait comment me joindre. Si l'un d'entre vous a quelque chose à dire, il vous suffira d'aller le voir…

Il semble regarder chacun de nous au fond des yeux.

– Mais surtout, reprend-il, n'oubliez pas que dénoncer un terroriste n'est jamais une lâcheté. Quoi que vous puissiez croire, un terroriste n'est jamais un ami…

Je revois immédiatement le visage de Larrid se découpant sur les flammes. Je devrais le dénoncer ! Je jette un coup d'œil vers Ismène que j'aperçois un peu plus loin. Comme s'il l'avait senti, il se retourne et me regarde.

14

Papa vient me prendre à la sortie du collège, je suis excité comme tout : pour une fois, c'est moi qui vais lui fournir une information. Dès que je le vois, je lui crie :

– Hé ! La police est venue arrêter le prof de physique ce matin !

– Oui, je sais, répond papa. (J'aurais dû m'en douter ! Avec ces imbéciles de machines à cracher des informations, un jour, il sera au courant de ce qui se passe avant même que ça n'arrive !...) Ils ont lancé un coup de filet antiterroriste sur toute la ville. Une trentaine de personnes ont été arrêtées. Mais avec ton prof, ils ont fait très fort !

– Qu'est-ce qu'il a fait ?

– Lui ? La police nous a donné des renseignements sur ses activités. Il est ce qu'on appelle un instructeur. Au collège, il donne des cours de physique et de chimie, mais en dehors, il apprend aux terroristes à fabriquer des bombes. Il trouve les produits nécessaires en piochant dans les réserves du collège… Pas plus compliqué que ça ! C'est un type ultra-compétent. Au début de sa carrière, il a travaillé pour une usine d'armement et connaît tout sur la manipulation des explosifs. Par la suite, il a préféré devenir prof, ça lui laissait plus de temps pour ses activités clandestines, mais surtout, il pouvait plus facilement repérer les jeunes susceptibles de le suivre.

Des bombes ! Alors la bombe du marché, celle qui avait tué la fille de monsieur Harnid, c'était peut-être lui ? Pourtant je me rappelais l'avoir vu dans un couloir, en train de plaisanter avec le prof d'histoire. La phrase du type de ce matin m'est revenue en mémoire : « Un terroriste n'est jamais un ami… »

Pour la première fois, les médecins ont autorisé maman à sortir de sa chambre. Ils disent qu'elle va mieux. Ce n'est pas vrai ! Moi, je la trouve toujours pareille. Le jour où sa bibliothèque a brûlé, elle s'est arrêtée de vivre. Oh, bien sûr, elle n'est pas morte ! Elle bouge, elle mange, elle respire, mais pas plus. Elle parle à peine, ne sourit plus jamais et jette sur toutes les choses un regard éteint. Rien ne l'intéresse, ni ce que je fais au collège, ni ce que papa lui raconte en prenant soin de masquer la gravité des événements qui se passent en ville.

À tout petits pas, sous un minuscule crachin qui mouille à peine, nous faisons le tour du bassin avec maman. Nous la tenons chacun par un bras et elle avance comme une vieille femme, sous le regard de ces imbéciles de poissons rouges qui viennent gober en surface les dernières larves de moustiques de la saison. Papa l'aide à remonter dans sa chambre et, comme d'habitude, nous échangeons un petit geste derrière la fenêtre. J'ai soudain l'impression que cette personne figée et silencieuse qui m'envoie un baiser du bout des lèvres ne peut pas être ma mère. Je me mords les lèvres pour ne pas pleurer.

Je conserve, toujours cachées sous mon matelas, *Les Aventures du capitaine Hatteras*. Chaque soir, en cachette, je sors le livre que je feuillette sans le lire. Il sent encore l'odeur de l'incendie : un curieux mélange de moisi et de brûlé. Les médecins sont nuls, c'est le seul remède capable de la guérir, j'en suis certain. Mais je n'ose pas l'apporter à maman de peur que papa ne me demande d'où je le sors. Il me faudrait tout avouer… Même pour Larrid.

« Un terroriste n'est jamais un ami… »

La nuit est tombée. Nous revenons par la route de la corniche. Derrière nous, la moto des gardes du corps colle comme un chewing-gum aux roues de notre voiture. C'est une nouveauté : depuis que papa est rédacteur en chef, un flic conduit et deux autres, en moto, restent en permanence scotchés à la voiture. Dans le faisceau des phares, les ombres des rochers et des arbres en bordure de la mer surgissent de la nuit et foncent sur nous comme des fantômes. Tassé à l'arrière, dans un angle de la banquette, je ressasse les événements de la journée. La pensée de Larrid m'obsède. Nous approchons du promontoire où Ismène m'avait montré la cabane.

« C'est là qu'on livre des armes aux combattants de l'ombre », m'avait-il murmuré après notre après-midi de pêche, « mon frère me l'a dit, il en fait partie… »

Ce matin, au moment exact où le capitaine de gendarmerie parlait de dénonciation, Ismène m'a regardé. Bien sûr, j'ai juré de ne rien dire, mais lui, sait-il que son frère est un assassin ? Peut-il deviner que moi, son copain, je l'ai reconnu parmi les tueurs de Larman ?

Dénoncer Larrid ? Ne rien dire ?

Je jette un coup d'œil sur papa. Son bloc-notes

sur les genoux, éclairé par une petite lampe de bord, il met la dernière main à son éditorial de demain. J'ai lu le début par-dessus son épaule. Il y est évidemment question des arrestations de terroristes opérées ce matin par la police.

Je sursaute soudain. Là-bas, dans la nuit, vers la cabane, une lampe vient subitement de s'éteindre à notre approche ! L'espace d'une minuscule seconde, j'ai vu une ombre. Je le jurerais.

– Qu'est-ce qui t'arrive ? demande papa en levant les yeux de son article.

– Rien, rien ! J'ai eu un frisson, c'est tout...

15

Immédiatement après le dîner, papa est reparti au journal pour boucler le numéro du lendemain. Les deux gardes du corps à moto l'accompagnaient. Je n'ai pas encore commencé mon travail, ce qui ne m'inquiète pas trop. À vrai dire, depuis l'incendie, le départ de maman en maison de repos et l'histoire de Larrid, je ne fais plus rien au collège. Quelle que soit la matière, mes notes dégringolent : mes derniers contrôles sont tout simplement catastrophiques. Pas une note au-dessus de huit ! Heureusement, entre le journal, l'organisation de notre vie à la maison et les visites quotidiennes à maman, papa n'a pas une minute pour s'occuper de mon travail scolaire et signe les horreurs que je rapporte avec une distraction surprenante.

– Et au collège, ça marche ? demande-t-il parfois, l'air absent.

Je réponds par une sorte de grognement d'ours mal léché, et on passe à autre chose.

En entrant dans ma chambre, j'ouvre la fenêtre et je me tords le cou pour tenter d'apercevoir le promontoire, mais la nuit humide et brumeuse fait écran. Je tente de me raisonner : sans doute s'agit-il simplement d'un pêcheur braconnant quelques bars dans les rochers… Dehors, le garde du corps fait les cent pas en fumant une cigarette. Nous nous adressons un petit signe de connivence.

Avec un soupir d'agacement, j'ouvre mon livre de maths à la page 119. Le cours a eu lieu juste après le départ de la police, et le prof a abordé la nouvelle leçon en pensant à autre chose. Quant aux élèves, ils avaient tous la tête ailleurs ! Résultat : je ne me souviens même plus d'avoir pris des notes. Je parcours le problème des yeux… Bon, « hypoténuse », ça me dit vaguement quelque chose, mais « cosinus » ! Le noir complet… Je ne savais même pas que ça existait, ces choses-là. Cosinus, sac à puces et compagnie ! Je dessine un très beau triangle en coloriant les angles en rouge et j'écris n'importe quoi. Une chance sur un milliard pour que ce soit la bonne réponse !

Alors que je m'assoupis sur mon livre de français, un bruit sourd me fait lever la tête. Je regarde par la fenêtre, le jardin est plongé dans l'obscurité. Pas un bruit. Seul, sur ma droite, le bassin du voisin clapote. À mi-voix, j'appelle le garde qui ne répond pas, il doit être rentré. Je ne voudrais pas qu'il s'imagine que j'ai peur, mais j'aimerais l'entendre…

Mal à l'aise, je me rassois en guettant les moindres bruits de la maison. Un bruit de pas au rez-de-chaussée me rassure, je reprends mon livre…

Soudain, vlam !, ma porte s'ouvre violemment. Un cri me reste dans la gorge. Trois types me tombent dessus. Noirs, cagoulés, des « combattants de l'ombre » ! Je tente à peine de me défendre. En trois secondes, je suis ligoté et bâillonné. Les yeux brouillés de larmes, le cœur prêt à exploser, je ne peux détacher mon regard du plus petit des trois hommes. À travers l'étroite fente de sa cagoule, je ne distingue que ses yeux. Sombres, furtifs, inquiets. Larrid ! C'est lui ! J'en suis persuadé. Il finit par détourner le regard.

– Tu t'appelles bien Elmir ? demande l'un des deux autres.

Je hoche la tête.

– Et ton père est bien le nouveau rédacteur en chef de *La Liberté* ?… Il est au journal en ce moment ?

Nouveau hochement de tête.

– Écoute bien ce que je vais te dire. D'abord on va retirer ton bâillon, et comme t'es un brave petit gars, tu ne vas pas crier…

Sur un signe, le plus petit dénoue le foulard. Ses mains tremblent.

– Très bien ! On va s'entendre, tous les deux… Maintenant, tu vas appeler ton père. Dans la boîte aux lettres du journal il trouvera une grande enveloppe. Il doit publier en première page le texte qui est dans cette enveloppe. Il ne reviendra ici que lorsque le journal sera imprimé, en apportant un exemplaire comme preuve. Si tout se passe bien, on disparaît sans te faire de mal. Mais surtout, qu'il ne cherche pas à faire le malin en prévenant les flics, sinon…

Au téléphone, papa est atterré, sa voix chevrote sans qu'il cherche à la maîtriser.

– Ils ne t'ont pas fait mal, Elmir ?

– Non, papa, je t'assure. Ça va…

– Et le garde du corps ?

– Je ne sais pas…

– Bon, ça suffit, gronde celui qui semble être le chef, en raccrochant le téléphone. Vous vous raconterez votre vie une autre fois !

L'attente commence. Des minutes terriblement longues… Des heures interminables…

Le chef est descendu tandis que les deux autres restent avec moi. Toujours attaché sur mon lit, j'essaie de retrouver dans l'attitude du plus petit des caractéristiques de Larrid. Chaque fois que nos regards se croisent, il se détourne. Le troisième, embusqué derrière le rideau, surveille l'extérieur. Au bout d'un moment, le plus petit prend le canif qui est sur mon bureau et sort de la pièce. Quand il revient, il a percé un trou dans sa cagoule pour pouvoir fumer une cigarette.

J'essaie de me souvenir si Larrid fume. Il ne me semble pas. Alors ce ne serait pas lui ?...

La nuit s'avance. Personne ne parle. À plusieurs reprises, je me réveille en sursaut de courtes périodes de somnolence, les poignets et les chevilles sciés par les cordes.

– Vous pourriez desserrer un peu les nœuds, s'il vous plaît ? Ça me fait mal.

Le troisième homme s'approche et d'un coup sec tranche la corde qui me lie les mains tout en laissant mes pieds entravés. Debout près d'une étagère, le plus petit feuillette *Le Dernier des Mohicans*, un livre que j'ai plusieurs fois prêté à Ismène. Il adore lire, Ismène, mais ses parents n'ont jamais de quoi lui acheter un livre. De toute façon, ils trouvent que c'est de l'argent jeté par les fenêtres. Derrière la cagoule, les yeux font un rapide aller et retour vers moi. Il a reconnu le livre ! C'est Larrid, j'en suis sûr !

Je me sens écrasé de fatigue. Trop fatigué, même pour avoir peur. Pendant un moment, je lutte contre l'envie de dormir, les ombres des « combattants » passent et repassent devant moi, noires et silencieuses. Je m'écroule de sommeil.

– Elmir, Elmir !

De grands bras chauds me serrent, une voix m'appelle, mais je dors toujours. Mes yeux refusent de s'ouvrir, mes bras et mes jambes refusent de bouger. Je voudrais crier mais j'en suis incapable. Je suis paralysé, mort vivant ! J'ouvre enfin les yeux en hurlant de peur. Il fait jour. Mon père me tient contre lui, pas rasé, le visage marbré, les yeux rougis par la nuit blanche qu'il vient de passer.

On reste un long moment l'un contre l'autre. Je pleure sans chercher à retenir mes larmes.

– Et les trois types ? murmuré-je dans un sanglot en entendant du bruit dans la maison.

– Ne t'inquiète pas, ils sont repartis. Ce que tu entends, ce sont les enquêteurs qui tentent de trouver des indices. Ils ne t'ont pas fait de mal ?

Je secoue la tête en silence. J'ai des bleus aux chevilles et autour des poignets, mais ce n'est pas trop douloureux.

– Il ne faut surtout pas en parler à Zelma, hein ! me glisse papa avec un pauvre sourire. Plus tard on la mettra au courant de toutes nos aventures.

Un gros flic qui pue la sueur entre dans la pièce. Il voudrait que je lui raconte ce qui s'est passé depuis hier soir, ce que mes trois affreux ont dit, comment ils étaient habillés, s'ils avaient l'air de connaître la maison, s'ils parlaient avec un accent… Je lui dis tout ce que je sais sans prononcer le nom de Larrid.

– Et le garde du corps, sais-tu ce qu'il est devenu ?

Je n'en ai pas la moindre idée. Je lui parle cependant du coup sourd que j'ai entendu juste avant que les trois hommes n'entrent dans ma chambre.

– Comme le bruit de quelqu'un qui s'effondre ? demande le policier.

– Oui, ça y ressemblait.

Il paraît soulagé.

– On dirait que ça vous fait plaisir !

– Non, ça ne me fait pas plaisir, c'est un ami et on ne sait pas ce qu'il est devenu. Mais s'ils l'ont assommé, ça signifie qu'il n'est pas du côté des terroristes…

En sortant de la chambre, machinalement, je jette un coup d'œil vers la bibliothèque. *Le Dernier des Mohicans* a disparu !

16

Dans le numéro de *La Liberté* qui traîne sur la table de la cuisine, l'éditorial de mon père est remplacé par un grand encadré qui occupe toute la première page.

À la suite des manifestations qui ont mobilisé des centaines de milliers de personnes dans tout le pays, le gouvernement a choisi la force plutôt que la compréhension.

En arrêtant plusieurs des nôtres, il montre clairement son mépris pour le peuple. Au bonheur du pays, le gouvernement préfère l'argent des étrangers.

Nous exigeons que tous nos prisonniers soient libérés aujourd'hui même avant minuit, faute de quoi nous nous estimerons en état de guerre.

NOUS SOMMES LE PEUPLE.
NOUS VAINCRONS LE PARTI DES ÉTRANGERS
CAR DIEU COMBAT AUX CÔTÉS DE SES FILS.

Les combattants de l'ombre

17

Je ne suis retourné au collège que deux jours après.

Le matin, Mi nous accompagne toujours, Naïa et moi, mais la nouveauté, c'est que maintenant, comme pour papa, deux flics à moto ne nous quittent pas d'une roue. Tantôt derrière, tantôt sur les côtés, ils s'interposent entre nous et les voitures les plus proches. Le policier passager semble se retenir à une sangle de la selle, mais c'est une arme qu'il tient constamment à la main.

Mon père évite de plus en plus de sortir. Il limite ses trajets au strict nécessaire : aller de la maison au bureau et retour. Le soir, ses gardes du corps viennent seuls nous prendre à la sortie du collège.

Les interdits pleuvent : plus le droit d'aller chez Naïa qui pourtant n'habite qu'au bout de la rue, plus le droit, évidemment, d'aller rue Haftine croquer les beignets de la vieille Nourrédia, et je ne parle pas de pêcher ou de faire du vélo... Au collège, le principal a aménagé une pièce où, avec quelques autres dont les parents ont également été menacés, nous passons les récréations. Par la fenêtre, je regarde les copains faire des parties de foot. De temps à autre, Ismène, le visage rouge de sueur lève le regard vers moi.

Naïa vient presque tous les soirs à la maison pour ne pas rester seule chez elle. Nous faisons nos devoirs ensemble, puis nous regardons la télé ou nous écoutons la cassette de Michael Jackson jusqu'à ce que ses parents passent la prendre. Parfois, avant de venir, elle va chercher Mouli chez elle et nous essayons de lui apprendre des tours : tenir une balle en équilibre sur le nez ou faire le beau sur son unique patte arrière. Il ne comprend rien de ce qu'on lui demande et préfère dormir, roulé en boule sur le tapis. Nos envies de cirque ont l'air de l'amuser à peu près autant que moi les histoires de cosinus du prof de maths...

Hier soir, après avoir déposé Naïa chez elle, les gardes du corps ont filé droit devant sans s'arrêter au lieu de me laisser à la maison.

– Mais... où va-t-on ?

– Ton père nous a donné une adresse où le rejoindre.

Nous avons pris des petites rues désertes que je ne connaissais pas. Puis, après la grande route qui ramène au centre-ville, la voiture s'est éloignée de la côte pour s'engager vers les collines à l'opposé du quartier d'Ismène. Le trajet me semblait interminable. Pourquoi diable papa avait-il fixé un rendez-vous si loin ?

Soudain, une peur glacée m'a tordu le ventre. Ces deux gardes du corps n'étaient pas des policiers, mais des terroristes ! Ils m'enlevaient ! Tétanisé de terreur, je les ai regardés à la dérobée, dans le miroir du rétroviseur. Avec leurs blousons, leurs moustaches et leurs lunettes noires malgré le soleil voilé de novembre, ils pouvaient aussi bien être flics que « barbus »... Ils ne disaient pas un mot, attentifs à la route qu'ils suivaient. De temps à autre, leur radio crachotait quelques phrases codées, incompréhensibles. C'était un enlèvement, mon enlèvement ! Il y en avait eu plusieurs ces derniers mois, des étrangers, des journalistes, des hommes politiques. C'était mon tour ! Ils allaient réclamer une rançon pour acheter leurs bombes, ou bien exiger la libération de leurs prisonniers qu'en dépit des menaces le gouvernement refusait toujours de libérer...

Je réfléchissais à toute allure. Je devais à tout prix

leur échapper. Tout doucement, je me suis rapproché de la portière. Au premier ralentissement, je sauterais dehors, un roulé-boulé (j'avais déjà vu ça dans des films) et hop ! au triple galop pour leur échapper. La voiture s'est engagée dans une rue étroite qui grimpait à flanc de colline. À quelques dizaines de mètres, un virage un peu accentué les obligerait à ralentir. Je me préparais à sauter, la main crispée sur la poignée. Le virage approchait, mon cœur battait à mille à l'heure et mes jambes devenaient cotonneuses. J'ai fermé les yeux en prenant une profonde inspiration. Et... La voiture s'est arrêtée ! Un des policiers s'est retourné.

– Et voilà, jeune homme, on est arrivés !... a-t-il lancé d'une voix enjouée. Mais qu'est-ce qui t'arrive, Elmir ? Ça ne va pas, tu es tout blanc !

– Si, si ça va, ai-je murmuré d'une voix éteinte, au moment où papa sortait d'une minuscule maison chaulée.

Derrière les volets clos, les deux pièces sombres sentaient le renfermé. Une petite terrasse mal entretenue donnait sur la ville avec, à l'horizon, les grues du port. Dans la plus grande pièce, un évier et un réchaud à gaz servaient à la fois de cuisine et de salle de bains.

– On va habiter là quelque temps, a simplement dit papa.

J'ai écarquillé les yeux.

– Mais… Et notre maison ?

– C'est devenu trop dangereux, Elmir. Deux journalistes ont encore été assassinés en sortant de chez eux ce matin. Ils ont eu le tort d'écrire que le gouvernement faisait bien de ne pas relâcher les terroristes arrêtés l'autre jour. Nous allons habiter ici jusqu'à ce que les choses se calment… Et puis nous reviendrons chez nous, a-t-il ajouté dans un sourire.

– Et Naïa ! Elle va rester seule chez elle ? On ne va plus se voir ?

Je criais presque.

– Vous vous verrez au collège Elmir, a soupiré papa. Je t'en prie ne complique pas la situation. Nous n'avons pas le choix. C'est ça ou vivre dans la peur perpétuelle.

Debout sur la terrasse fendillée, je regarde la nuit. Parmi les innombrables petites lumières qui scintillent sur ma gauche, il y en a une qui est celle de Naïa. Plus loin, derrière les collines noyées dans la brume, d'autres lumières doivent s'allumer dans la maison d'Ismène. Larrid est peut-être chez lui. Et puis encore plus loin, le long de la côte, là où l'on ne voit plus aucune lumière, l'espèce d'hôpital où est maman.

Demain, contrôle de maths… Je n'ai même pas ouvert mon livre. Je me moque éperdument des cosinus…

18

Les « combattants de l'ombre » ont promis une gigantesque manifestation si le gouvernement ne libérait pas ses prisonniers.

C'est pour aujourd'hui.

Tout est fermé. La ville semble morte. Les commerçants ont tiré les grands volets métalliques devant leurs boutiques, le maire a interdit le marché, et des gendarmes ont repoussé les paysans qui voulaient quand même s'installer sur les trottoirs pour vendre leurs produits. Le principal du collège nous a annoncé hier que par mesure de sécurité, aucun cours n'aurait lieu et que les grilles resteraient fermées. La circulation des trams est interdite en centre-ville. De longues files de camions militaires aux fenêtres grillagées stationnent le long des artères principales et, dans le ciel, des hélicos kaki tournent au ras des toits dans un vacarme assourdissant.

Papa était très nerveux ce matin en allant au journal : depuis plusieurs jours il a demandé une protection spéciale des bureaux de *La Liberté*, personne ne lui a encore répondu. Son arme dans la poche, il a longuement inspecté la rue avant de partir, encadré par ses gardes du corps.

Bientôt midi. Du haut de notre minuscule terrasse, j'observe les moindres mouvements. À côté de moi, pistolet-mitrailleur en bandoulière, le policier ne cesse d'observer la ville à l'aide d'une paire de jumelles. Rien ne bouge. Les rues sont désertes. Les pales des hélicos brassent le ciel gris. Cette année, les pluies d'hiver ne parviennent pas à se décider, comme si elles se retenaient de tomber. Soudain, tout là-bas, vers la colline où habite Ismène, une rumeur. Le policier braque ses jumelles dans la direction.

– Les voilà, murmure-t-il entre ses dents.

Ce n'est qu'un fourmillement, mais en quelques minutes, les rues se remplissent, se gonflent de manifestants. Il en sort de partout. La rumeur devient plus insistante, plus bruyante : un grondement, des cris, des hurlements, des slogans repris à pleine voix par des milliers de personnes. Trop lointains pour qu'on les comprenne. L'avenue principale de la ville est bientôt noire de monde. Le vacarme des voix prend encore de l'ampleur :

– Ven-geance ! Ven-geance !

– Libérez nos prisonniers !

Les haut-parleurs posés sur des toits de voitures entonnent leur slogan favori :

– É-tran-gers de-hors ! É-tran-gers dehors !

Repris par toutes les voix, le cri est si fort que j'ai l'impression qu'on me hurle dans les oreilles.

– Mais combien sont-ils ? marmonne le garde du corps dans sa moustache.

Pendant plus de deux heures, l'immense foule, massée sur la place de l'Hôtel-de-Ville, entonne tous les slogans, une forêt de poings dressés vers le ciel. Les fenêtres du maire restent closes. Les volets ont été tirés pour se protéger des pierres. Plusieurs rangées de gendarmes casqués, armés de fusils lance-grenades et de matraques, en interdisent l'accès.

Subitement, une terrible déflagration fait vibrer tous les murs, aussitôt suivie d'une seconde, aussi violente mais plus proche. Instinctivement, je m'accroupis, les bras au-dessus de la tête pour me protéger. Pendant d'interminables secondes, les collines se renvoient l'écho de l'explosion. Un vacarme de fin du Monde ! Je ne me relève que lorsque le bruit s'apaise, sonné, frissonnant, les oreilles pleines de sifflements.

Deux immenses volutes de fumée noire s'élèvent. L'une au pied de la colline d'Ismène, l'autre, plus proche, derrière l'hôtel de ville, à quelques centaines de mètres de notre terrasse. Le ciel déjà sombre prend un aspect plombé, comme s'il allait écraser la ville. Juste à la verticale des explosions, les hélicos se tiennent déjà en vol stationnaire tandis que les premiers hurlements des sirènes retentissent partout.

Les slogans de tout à l'heure se transforment en hurlements de panique, les gens courent en tous sens, affolés, se bousculant, se piétinant les uns les autres. Vue d'ici, la débandade est terrifiante.

Le policier de garde s'est précipité sur sa radio portative. La fréquence « police » est encombrée de dizaines de messages d'urgence qui se télescopent.

– Appel à toutes les voitures, appel à toutes les voitures…

– Unité 34, disponibilité immédiate… Contact avec le quartier général !

– Unité 34, reçu.

– Secteurs 5 et 6, repli sur l'hôtel de ville.

– Contact gendarmerie. Libérez les voies d'accès aux hôpitaux.

– Dispensaire Kaddouz, voiture piégée, nombre de blessés indéterminé. Secours immédiat exigé. Je répète, dispensaire Kaddouz…

Je sursaute, le dispensaire Kaddouz, c'est là que travaille Mi, la mère de Naïa !

J'arrache les jumelles des mains de mon policier. Des silhouettes apparaissent devant le bâtiment gris et moche du dispensaire. Masqués par une fumée épaisse, plusieurs corps inanimés sont étendus à même le sol, des personnes s'activent autour d'eux. Je cherche en vain à localiser Mi dans ce fourmillement.

– C'est le dispensaire des enfants, dis-je en chevrotant au policier.

Sans un mot, il reprend les jumelles et les braque vers l'autre colonne de fumée.

– Et là, le nouveau café, annonce-t-il d'une voix monocorde.

Il s'assoit dans un angle de la terrasse, la tête appuyée au muret.

– Tu y comprends quelque chose, toi ? me demande-t-il. Le nouveau café, passe encore, c'est copié sur les Américains et ils détestent ça. Dès le début, les « barbus » ont toujours proclamé que ce restaurant était une provocation, et depuis un mois il ne se passe pas une journée sans qu'on soit appelé là-bas pour une alerte à la bombe. Mais le dispensaire, bon sang ! Leurs gosses, leurs femmes, tout le monde y va ! Pourquoi faire ça ? Pourquoi ?

19

– C'est même pas vrai, hurle Ismène, rouge de colère, pourquoi est-ce que les « combattants de l'ombre » auraient fait sauter des voitures au moment où ceux qui les soutiennent étaient dans la rue ? Pourquoi ils tueraient ceux qui sont avec eux, hein ?

– Parce qu'ils veulent que tout le monde ait peur, imbécile ! Il n'y a que des terroristes et des criminels pour poser une bombe devant un hôpital où on soigne les bébés, voilà tout ! gronde Aoual. Mon père le sait mieux que toi, non ?

– Eh bien, moi, mon père dit que les assassins, ce sont les policiers qui ont piégé les voitures pour faire croire à un attentat des « combattants de l'ombre » ! Et d'abord, Aoual, ton père n'est qu'un gros flic pourri !

Le poing d'Aoual vient s'écraser sur la figure d'Ismène. Un flot de sang jaillit de son nez, qu'il essuie d'un revers de manche. Il jette un coup d'œil haineux à son adversaire et, de toutes ses forces, son pied part dans le ventre de celui-ci qui se tord de douleur, le souffle coupé. Tous deux s'empoignent et roulent par terre, se labourant de coups de poing. En une seconde, la nouvelle de la bagarre fait le tour de la cour.

– Hé ! Ismène et Aoual se cognent !

En cercle autour des combattants, chacun encourage son préféré. Ceux de la colline braillent :

– Is-mène ! Is-mène !

Ceux de la ville basse soutiennent Aoual.

Même ceux qui, comme moi, sont obligés de passer leurs récréations à l'intérieur, ouvrent les fenêtres et hurlent leurs noms. Moi, je ne dis rien. Ismène est mon copain. Je voudrais que tout cela s'arrête. Je voudrais ne jamais avoir vu son frère l'autre jour, lorsque Larman a été assassiné à côté de la bibliothèque… Je voudrais aussi savoir où est Naïa. Elle n'est pas venue ce matin au collège. Où était Mi, lorsque la voiture a explosé devant le dispensaire ? J'ai plusieurs fois essayé d'appeler chez eux, hier soir. Personne ne répondait. Et elle ne peut même pas m'appeler parce que, depuis qu'on a « déménagé » papa m'a fait jurer de ne donner à personne notre nouveau numéro de téléphone.

– Même à Naïa ? ai-je demandé.

– Même à Naïa ! Ce n'est évidemment pas elle que je redoute, mais elle peut le donner à quelqu'un d'autre et à partir de là, impossible de savoir qui est au courant…

Les poings serrés au fond de mes poches, je murmure plusieurs fois :

– Pourvu qu'il ne soit rien arrivé à Naïa et à Mi…

Comme si y penser très fort pouvait empêcher un malheur.

– Is-mène ! Is-mène ! A-oual ! A-oual !…

Agrippés l'un à l'autre, ils roulent dans la poussière de la cour sans se faire de cadeaux et tapent de toutes leurs forces. Aoual est bien plus fort et bien plus lourd qu'Ismène. Le visage rouge d'excitation, il l'attrape par les épaules et d'une main le colle au sol pendant que de l'autre il le frappe à toute volée. Mais, plus petit, Ismène est aussi plus souple et plus vif. Il se tortille, se démène, s'échappe comme une anguille et revient à l'attaque par-derrière, infatigable. Les yeux brillants de douleur, le visage barbouillé de sang, il tente de rendre coup pour coup au gros Aoual. Le seul surveillant de la cour essaie désespérément de parvenir au centre de la mêlée qui s'est formée autour des enfants, mais personne n'y fait attention. À peine arrive-t-il à repousser un élève que les autres bouchent le trou, avides de voir la « baston ». Lorsque le principal arrive, l'excitation est à son comble. Ismène, agrippé au cou de son adversaire, le serre de toutes ses forces tandis qu'Aoual, cramoisi, le souffle court, tente de lui faire lâcher prise en le tirant par les cheveux.

Le principal hurle d'arrêter en se frayant un passage à coups de poing dans la masse des élèves qui peu à peu se calment. Il empoigne les deux enfants à terre. Aoual, qui ne l'a pas vu, croit à une nouvelle attaque et s'apprête à le frapper mais son poing s'arrête juste à temps. Hors d'haleine, Aoual et Ismène se laissent tomber par terre, le visage écorché, les mains en sang, les vêtements déchirés. Le nez d'Ismène saigne toujours, dans la poussière, la petite flaque rouge s'agrandit.

– Vous ne pensez pas qu'il y a assez de violence comme ça à l'extérieur ? hurle le principal. Vous vous croyez où ? Sur un ring ? Mettez-vous dans le crâne que si vous êtes ici, c'est pour travailler, rien d'autre. Le reste n'a rien à faire au collège. C'est compris ?

Des yeux, il fait le tour des élèves, qui hochent la tête sans conviction.

– Alors, pour que ça vous rentre bien dans le crâne, je colle tout le monde deux heures, même vous là-haut, crie-t-il en pointant le doigt vers nous. Quant à vous, les deux catcheurs, je convoque vos parents pour demain. Conseil de discipline ! Je demande une semaine de renvoi ferme. Filez vous faire soigner à l'infirmerie ! Je vous attends dans mon bureau dès que vous serez présentables.

20

Depuis trois jours, aucune nouvelle de Naïa. Je laisse le téléphone sonner chez elle à n'en plus finir, personne ne répond jamais.

– Ne t'inquiète pas, Elmir, assure papa, s'il était arrivé quelque chose de grave, je le saurais. Elle a sans doute été choquée par l'attentat du dispensaire et a besoin d'un peu de calme. À moins qu'elle ne soit tout simplement malade.

– On n'a qu'à aller voir, comme ça, si elle est malade, je lui apporterai ses leçons, dis-je en essayant de faire vibrer la corde sensible.

– Elmir, ce n'est pas le moment, soupire-t-il, je suis débordé de travail.

Je hausse les épaules et pars bouder dans l'espèce de cagibi qui me sert de chambre.

Je le sais bien, qu'il a du travail par-dessus la tête ! Plusieurs journalistes de *La Liberté*, menacés eux aussi, ont préféré démissionner. Personne ne les a remplacés, et malgré cela le journal continue de sortir chaque matin. Mais je devine surtout que papa a peur de sortir. Depuis qu'on habite ici, tout est organisé pour que ses déplacements soient imprévisibles : il quitte chaque jour la maison à une heure différente, ne prend jamais le même chemin pour aller au bureau et ne part jamais sans son arme.

– Ils ne m'auront pas aussi facilement que Larman, me fait-il avec un sourire de cow-boy.

Mais le cow-boy est mort de trouille.

Ce matin, Naïa est revenue au collège, ses yeux rougis ressortaient sur son visage tout pâle, comme si elle avait passé les trois derniers jours à pleurer. Ses copines l'entouraient, la discussion avait l'air d'être très animée.

J'ai attendu qu'elle soit seule pour l'approcher. Avant que je ne dise un mot, elle a fondu en larmes.

– Elmir, on part !

– Vous partez ? Vous partez où ?

– On quitte tout. On part en France, à Paris, rejoindre ma tante !

Naïa me regarde avec des yeux désolés. Je suis abasourdi.

– Et... Et c'est pour toujours que vous partez ?

Naïa hoche la tête sans répondre.

– Mais pourquoi ?

– Les parents ne veulent plus vivre ici, dans la terreur perpétuelle. Le dispensaire de maman a été saccagé, c'est un miracle qu'aucun enfant n'ait été gravement blessé. Papa a reçu des lettres de menaces… Il ne comprend même pas ce qu'on lui reproche ! Alors les parents ont pris leur décision. Maman va aujourd'hui chercher les visas à l'ambassade et les billets d'avion.

– Mon père aussi a reçu des lettres de menaces, dis-je en murmurant, et puis il y a eu l'incendie de la bibliothèque de maman ! Mais on ne part pas pour autant ! On a juste déménagé dans une petite bicoque toute pourrie. Il faut rester, Naïa, tout va redevenir comme avant.

Naïa ne répond rien. Je sens qu'elle va éclater en sanglots si elle dit un mot de plus. Très vite, je lui serre la main. Si les copains voient ça on va encore avoir droit à une séance : « Oh les amoureux ! Oh les amoureux ! »

Et ce n'est vraiment pas le moment.

La sonnerie retentit. Cours de maths. Discrètement, je sors mon atlas. C'est où exactement Paris ? Je mesure avec mon double décimètre. Mille cinq cents kilomètres ! Plein nord. Il doit faire un froid de canard là-bas. Sur le côté, une toute petite carte violette indique les températures. À peine plus de 20° en juillet ! Autant dire le pôle Nord ! Ici, il fait 35° facile, et puis il n'y a même pas la mer, tout juste un petit pipi de chat qui se tortille comme une nouille bleue sur la carte. Ça s'appelle la Seine… La France, moi, je veux bien, mais juste pour les vacances et pour acheter des disques de Michael Jackson, pas pour…

– Elmir, braille soudain une voix toute proche, c'est sûr qu'avec un trois et demi au dernier contrôle, tu peux te permettre de faire de la géographie pendant le cours de maths !

Je sursaute. Je ne l'avais pas vu arriver celui-là. Il m'arrache le livre des mains et le ferme en le claquant.

– Allez, définition du cosinus dans un triangle rectangle ?

– …

– Il ne s'agit même pas de réfléchir, braille le prof, il suffit de l'apprendre. Le plus cornichon des macaques y arriverait.

Bon ! Eh bien je dois être plus cornichon que le plus cornichon des macaques.

– Tu ne sais pas ?

Je secoue la tête d'un air buté. Derrière moi, les copains tentent un sauvetage en catastrophe. Ils me soufflent tellement bas que je n'y comprends rien. Je tente le tout pour le tout.

– Le cosinus d'un triangle rectangle est le… L'hypoténuse de l'angle du…

– Ça suffit, Elmir, tu vas embrouiller tout le monde avec tes stupidités. Tu me copieras la définition cent fois pour demain. Tu as intérêt à te reprendre, mon petit ami, je ne sais pas ce qui se passe mais en ce moment, ça ne va plus du tout !

Je suis parti pour une de ces engueulades fleuve dont le prof de maths a le secret. Heureusement, la sonnerie vient à point me sauver.

Dans la cohue de la sortie, j'ai à peine le temps d'esquisser un petit geste de la main à l'adresse de Naïa, qui s'enfourne dans la voiture de sa mère. Mes deux gorilles sont déjà là et me déposent à la « maison ». J'envoie valdinguer mon sac dans un coin de la pièce. Ce n'est pas encore aujourd'hui que je vais rattraper mon travail en retard. Je n'ouvre même plus mon cahier de textes.

Assis sur le rebord de la terrasse, ses lunettes noires sur le nez en dépit de la grisaille, le garde du corps fume son éternelle cigarette. Je commence aussi à en avoir assez de sa tête d'agent secret à la gomme. Je tourne en rond, incapable de trouver une occupation. Impossible même de lire *Le Capitaine Hatteras* : le livre est resté chez nous, toujours caché sous mon matelas. Un petit grattement à la porte me fait tourner la tête, on dirait une souris. Le grattement reprend une demi-seconde et soudain, une enveloppe est glissée sous la porte. Le premier moment de surprise passé, je me précipite pour ouvrir. La rue est déserte et grise sous un ciel qui ne se décide toujours pas à apporter la pluie. Au bruit de la porte, le garde du corps s'est précipité. Je cache l'enveloppe en vitesse derrière mon dos.

– Qu'est-ce qui se passe ? demande-t-il.

– Rien, il m'avait semblé entendre du bruit à la porte, mais il n'y a personne.

– Ce n'est pas à toi d'ouvrir, s'emporte-t-il. S'il t'arrive quoi que ce soit, c'est sur moi que ça retombe, compris ? Au moindre truc suspect, tu viens me chercher !

J'acquiesce en silence. Il me regarde de son air le plus féroce et retourne vers la terrasse en sortant une nouvelle cigarette. Discrètement, je regarde l'enveloppe : elle est sale, pleine de taches de graisse, avec le nom de mon père écrit en grosses lettres malhabiles. Je l'ouvre quand même et en tire une demi-feuille chiffonnée avec ces quelques mots :

Démissionne avant qu'il ne soit trop tard.

21

Pâle comme un navet, papa fait une boulette du papier glissé sous la porte et le jette brutalement à la poubelle.

– Les salauds, murmure-t-il entre ses dents, ils ne me lâcheront donc jamais…

Il finit de boucler toutes nos affaires. Du vite fait : nous n'avons presque rien. Les slips, les chaussettes, les pulls et quelques livres s'entassent pêle-mêle dans deux sacs de voyage. Un « rangement en pétard », dirait maman.

Sans un mot, papa tourne en rond. Il a recommencé à fumer, lui qui a eu tant de mal à arrêter ! Nos trois gardes du corps sont aux aguets : l'un dehors, l'autre sur la terrasse et le troisième à l'intérieur, avec nous. En silence, on attend la nuit. Papa a obtenu une autorisation exceptionnelle pour circuler malgré le couvre-feu. Il n'y aura personne dans les rues : il sera plus facile de vérifier si l'on nous suit.

À onze heures, la voiture vient stationner devant la porte. On enfourne les sacs dans le coffre et nous démarrons immédiatement, précédés de la moto qui surveille les moindres carrefours. Trois fois de suite on se fait arrêter par des barrages de police : un record ! Vérification des papiers, fouille des bagages, bref interrogatoire… Excédé, papa tripote la crosse de son revolver dans l'obscurité.

La voiture ne ralentit que vers le jardin botanique qu'elle longe un court moment avant de s'arrêter devant un ancien immeuble colonial dont la façade lépreuse se fendille. L'escalier sent la graisse et le poisson, la rampe colle aux mains, on entend le bruit des télés qui retransmettent un match de foot.

– Dernier étage, grommelle papa au garde du corps qui monte en éclaireur.

Craquement de la serrure. Une minuscule ampoule électrique jette un éclairage jaunâtre sur les murs sales de la pièce. Notre nouveau royaume : deux lits de camp en fer, une table bancale, un banc et un réchaud de camping à gaz. La pièce d'à côté est exactement semblable à la première, mais avec une minuscule porte cachée dans un recoin.

– La seconde porte donne sur les toits, me souffle papa… En cas d'urgence.

Quand j'approche de l'évier, une grosse blatte surprise par la lumière se glisse dans un trou du carrelage. Ça me fera toujours une copine avec qui discuter le soir, puisque je n'arrive pas à arracher un seul mot à papa !

Le lendemain, au moment où j'ouvre les yeux, un moustachu aux cheveux bruns et frisés se rase en se regardant dans le petit miroir, au-dessus du lavabo de ma « chambre ». Il me lance un clin d'œil par en dessous tout en tapotant sa grosse moustache. Je me lève en m'approchant de lui, assez éberlué…

– Papa ! Mais qu'est-ce que tu fais ? C'est le carnaval, aujourd'hui ?

D'un geste théâtral, il retire sa perruque et me colle la moustache sous le nez.

– Elmir, je te présente ma nouvelle tenue de journaliste… Mais si tu préfères, j'ai aussi une barbe, une perruque avec les cheveux tout blancs et une paire de grosses lunettes d'écaille. Le nez rouge et es chaussures de clown, c'est pour bientôt…

– Tu vas vraiment aller travailler comme ça ?

– Bien obligé, Elmir ! Bien obligé, soupire papa, je suis armé, je me cache, je déménage, alors pourquoi ne pas me déguiser en plus ?... Et encore, tu ne sais pas à quoi j'ai échappé, ajoute-t-il avec un sourire, mes trois gorilles tenaient absolument à ce que je me déguise en femme !

Je lui rends sa moustache.

– Eh bien, le jour où tu le feras, n'oublie pas de retirer ta grosse moustache, sinon, certains vont trouver ça louche...

22

Depuis hier, les places d'Ismène et d'Aoual sont vides. Le principal a finalement demandé leur renvoi pendant dix jours. Une affiche placardée à tous les étages du collège prévient que *« Tout manquement grave au règlement sera désormais puni de dix jours de renvoi »*. J'ai oublié de faire la punition de maths : copier cent fois la définition du cosinus. D'un ton monocorde, le prof de maths rend le dernier devoir sur table.

– … Enfin on arrive à Elmir.

Il se lève et se dirige vers moi en se dandinant comme un canard.

– J'ai passé un temps fou sur ton devoir, Elmir, je l'ai lu et relu dans tous les sens pour essayer de trouver quelque chose de juste… Rien ! Je n'ai rien trouvé ! La plupart des exercices ne sont pas faits et les autres sont faux… Je t'ai mis « un », pour l'encre que tu as utilisée.

Il se rapproche, menaçant.

– Et ta punition, elle est faite ?

Je baisse les yeux. Inutile de lui expliquer quoi que ce soit, une de ses phrases préférées est : « Il n'y a que les feignants pour trouver des excuses », il nous la serine à longueur de cours pour un oui ou pour un non. Et puis, de toute manière, papa m'a interdit de parler de nos déménagements.

– Alors ?... Pas faite !... Ça suffit, explose-t-il soudain, la coupe est pleine ! Tu files t'expliquer dans le bureau de monsieur le Principal, je ne veux pas te revoir tant que ce devoir n'est pas parfaitement corrigé et que ta punition n'est pas rendue. Et inutile d'inventer des salades pour m'attendrir, il n'y a que les feignants pour trouver des excuses ! File ! Naïa, tu l'accompagnes jusqu'au bureau.

Dans le couloir, Naïa me fait un petit sourire de réconfort, je hausse les épaules sans même la regarder. J'en ai marre, plus que marre ! Marre de déménager, marre de travailler, marre d'être enfermé, marre de me faire engueuler par cet abruti, marre de ne pas voir ma mère, marre de ne plus voir les copains, marre que Naïa parte en France...

Au détour de l'escalier, une des sorties de secours est restée entrouverte. Elle donne directement sur la rue. Un ouvrier la répare. Soudain, sans plus réfléchir, je prends mes jambes à mon cou et file dehors.

– Elmir, où tu vas ? Reviens ! braille Naïa derrière moi.

Cause toujours ! Je traverse le boulevard en courant, longe la palissade de bois qui ferme le nouveau café depuis l'attentat et disparais dans la première rue qui se présente.

Hors d'haleine, je m'adosse à un mur et regarde autour de moi. Des semaines que je n'ai pas marché en ville ! Le ciel très gris assombrit les ruelles qui sentent le marché et les oranges. Les ordures s'entassent dans les coins, il faudrait une bonne pluie pour nettoyer tout ça, mais les nuages ne se décident toujours pas. Je me dirige vers la vieille ville et me retrouve soudain devant le dispensaire Kaddouz. Le mur de façade est presque écroulé et les vitres de toute une aile du bâtiment ont volé en éclats. Seule l'autre partie fonctionne encore. Assises à même le sol, leurs bébés serrés dans les bras, des femmes attendent leur tour. Deux policiers en faction devant le dispensaire me regardent d'un sale œil. Inutile de s'attarder ! Je repars à toutes jambes. Je viens d'avoir une idée absurde : passer chez Ismène ! Le voir lui bien sûr, mais surtout provoquer Larrid, tenter de savoir s'il appartient bien à la bande des trois types qui m'ont obligé à appeler papa l'autre soir.

J'ai du mal à retrouver sa maison dans l'entrelacs des ruelles de la colline : tout se ressemble, ici. Je ne suis pas souvent allé chez lui. Il n'aime pas ça.

– Pfff, fait-il, chez moi, on est déjà quatorze dans trois pièces, si tu t'ajoutes ça fait quinze : ce n'est plus une maison, c'est un congrès de sardines en boîte !

Je finis par reconnaître sa maison au fond d'une minuscule cour encombrée d'une quantité astronomique de moteurs, de bielles et de châssis rouillés que son père rapporte pour les réparer le jour où il aura le temps. C'est-à-dire jamais.

Une dizaine d'enfants jouent dehors, certains sont trop petits pour aller à l'école, mais d'autres ont huit, neuf ou dix ans. Que font-ils là ? Pourquoi ne sont-ils pas à l'école ?... Bon, je n'ai pas mon mot à dire, c'est vrai que je n'y suis pas non plus...

En m'approchant, la peur de me retrouver nez à nez avec Larrid me tord le ventre. Pour un peu, je repartirais. J'avance en hésitant jusqu'à la petite porte.

– Qu'est-ce que tu fais là, toi ?

Je sursaute et lève le nez. Assis sur le rebord de sa terrasse, Ismène me regarde avec de petits yeux durs.

Je ne l'avais pas vu. En deux secondes, il est à côté de moi.

– Fous le camp, on n'a pas besoin de mouchard ici ! Si mes frères te voient ça va être ta fête…

Abasourdi, je le regarde.

– Mais qu'est-ce que j'ai fait ? Je passais simplement te voir.

Ismène m'agrippe le bras et m'entraîne dans un coin de la courette. Les autres gosses n'en perdent pas une miette.

– Les flics ont arrêté Larrid hier matin. À cinq heures, ils ont débarqué ici comme si c'était la guerre, avec des mitraillettes, des fusils d'assaut, des revolvers. Ils ont cassé la porte de la maison. Ils nous ont tirés du lit pour nous aligner dehors, les bras sur la tête, même Douria, ma petite sœur de trois ans. Ils ont saccagé la maison, tout fouillé, crevé les matelas avec des couteaux pour voir si on ne cachait rien dedans. Ils n'ont rien trouvé, évidemment, Larrid est trop malin pour eux. Ils lui ont bourré les côtes de coups de crosse pour lui faire avouer qu'il appartenait aux « combattants de l'ombre ». « On le sait, gueulaient-ils, quelqu'un t'a dénoncé, pas la peine de nier ! » Ils ont fini par l'emmener après lui avoir menotté les mains et les pieds… Et tu sais ce qu'il risque ? me crie Ismène à l'oreille. Tu le sais ? La peine de mort ! Voilà ce qu'il risque ! Le peloton d'exécution…

Les larmes aux yeux, Ismène me regarde.

– Il n'y a pas trente-six mille personnes qui savent ce que fait Larrid, reprend-il d'une voix sourde. Même mon père n'est pas au courant, et pourtant, il serait d'accord. Il y a moi et mes trois frères. Et moi, j'ai eu la sottise de le dire à quelqu'un parce que je croyais que c'était un ami. Un ami qui m'avait juré de ne pas le répéter.

Il se colle tout près de moi.

– Tu te rappelles, Elmir, que tu me l'avais juré ? Sur la tête de ta mère ! Elle ne vaut pas cher, la tête de ta mère ! Tu as tout dit, hein ? C'est ton père qui t'a tiré les vers du nez, c'est ça ?… Ou peut-être le père d'Aoual ?

Je me recule, le dos au mur.

– Non, Ismène, je n'ai rien dit ! Je te le jure, ce n'est pas moi et pourtant…

– Et pourtant ?

Je prends une profonde inspiration.

– Et pourtant… Je sais des choses sur lui que même toi tu ne connais pas.

Ismène ricane en me repoussant de la main.

– Il t'a fait des confidences, peut-être ?… Allez, tire-toi, tu n'es qu'un menteur et un sale mouchard. Tire-toi, hurle-t-il, ou j'appelle mes frères !

Je me mords les lèvres pour ne pas éclater en pleurs.

– Hé attends ! crie soudain Ismène derrière moi, c'est à toi, je n'en veux plus !

Il jette quelque chose qui atterrit à mes pieds, dans la poussière. C'est un livre. *Le Dernier des Mohicans*. Je le pose sur une pierre. Je ne veux pas le reprendre.

23

Le parfum des beignets de la vieille Nourrédia monte jusque dans le haut de la petite rue Haftine. Au fond de sa boutique, son énorme silhouette s'agite en cadence pour battre sa pâte. Elle ne me voit pas arriver, mais doit avoir un sixième sens parce que, sans se retourner, elle me lance :

– Qu'est-ce que tu fais là, toi, graine de vaurien ?... Et en plein milieu de l'après-midi encore ! Tu n'as pas autre chose à faire, non ?

J'ai réussi à courir jusque chez elle en retenant mes larmes, mais là, le trop-plein se déverse. Je me précipite contre elle et pleure, sans chercher à me retenir. La vieille Nourrédia passe ses mains graisseuses dans mes cheveux.

– Allez, allez, marmonne-t-elle, pleure mon bonhomme. Quand il pleut, ça fait du bien à la terre, et quand on pleure, ça fait du bien au cœur...

Secoué de grands sanglots, je lui déballe tout en vrac. Les attentats, maman à l'hôpital, Larrid, Naïa qui va partir en France, le prof de physique, la nuit avec les « combattants de l'ombre », les déguisements de papa, les menaces, nos déménagements, Ismène…

Je ne sais pas ce qu'elle comprend à mes histoires. Elle prend une assiette de beignets, la pose sur une table et m'oblige à m'asseoir en face d'elle.

– Quand j'étais petite, commence-t-elle, je n'habitais pas la ville comme toi. Je vivais avec mes parents dans une oasis, au sud, en plein désert. Pendant des journées entières, il ne se passait rien : la vie courante. On puisait de l'eau au puits, on gardait les bêtes, on pilait le blé, on guettait le passage des caravanes. Tous les jours se ressemblaient. Et puis parfois, sans prévenir, en quelques secondes, un grand tourbillon de sable traversait le village. Si haut qu'il semblait toucher le ciel. On connaissait le signal. Il fallait faire vite. Chacun se précipitait chez soi, calfeutrait les plus petites rainures, colmatait les moindres interstices et couvrait les pots d'eau avec des tissus. Ensuite avec mes sœurs, nous attendions en silence, les foulards remontés sur la bouche et sur le nez. La tempête allait se lever. Et soudain, elle était là.

La vieille Nourrédia sourit en me tendant les beignets.

– Mange… Un énorme sifflement remplissait la maison, les volets les mieux attachés finissaient par claquer si fort qu'on avait l'impression qu'ils défonçaient les murs. Le vent était d'une violence telle que la maison bougeait, on aurait cru qu'elle allait s'aplatir. Nous, étendues sur nos nattes, la tête dans les bras, impuissantes, on ne bougeait pas. L'air devenait irrespirable, tellement bouillant qu'il cuisait nos poumons. Le sable s'infiltrait partout : dans le nez, les oreilles, entre les dents. La tempête pouvait durer des heures, et nous devions attendre, assommées par la violence de ses coups contre la maison, terrifiées par ses hurlements, suffoquées… Et puis elle cessait aussi soudainement qu'elle avait débuté. Les craquements, les sifflements, les hurlements s'apaisaient, la chaleur diminuait. Alors on se relevait, on secouait nos vêtements, on se rinçait la bouche et le visage, on balayait la maison de tout le sable qui s'y était infiltré et la vie reprenait…

J'engloutis le dernier beignet en suçant mes doigts pleins de miel.

– J'ai compris ce que tu voulais dire, Nourrédia. En ce moment, je suis en plein dans la tempête de sable, c'est ça…

– On est tous dedans, mais les tempêtes finissent toujours par s'arrêter. La plus longue dont je me souvienne a duré trois jours… Trois jours sans pouvoir bouger, sans sortir de la maison.

– Et tu crois qu'avec Ismène on redeviendra copains ?

– Tu sais, ton copain Ismène, lui aussi, il est dans la tempête…

– J'aime bien parler avec toi, Nourrédia, mais il faut que je retourne au collège, mes deux gorilles vont m'attendre à la sortie. Je me suis enfui tout à l'heure. Ça va certainement être plus difficile de rentrer que de sortir ! Au revoir, j'essayerai de revenir te voir.

– Je n'ai pas de clients, fait-elle en s'essuyant les mains sur son tablier. Je t'accompagne.

Devant le collège, un petit rassemblement de gens que je reconnais du premier coup d'œil m'attend de pied ferme : papa, le principal et le prof de maths… J'ai un moment d'hésitation.

Nourrédia sourit en découvrant sa bouche où il manque plein de dents.

– Encore un petit coup de tempête ? demande-t-elle.

Je hoche la tête.

– Ça risque plutôt d'être un cyclone... Il vaut mieux que j'y aille tout seul. Je crois que ça va être ma fête !

24

L'écho de la claque a dû résonner jusqu'aux dernières maisons de la ville. J'ai d'abord cru que je n'avais rien senti, comme si papa avait tapé sur une pierre, et puis la douleur est venue d'un coup. Ma joue cuit, bout, enfle, comme si on m'avait arraché la peau. Hors de question de montrer le plus petit signe de faiblesse : tous les copains me regardent. J'ai été le héros du jour en m'enfuyant du collège, il faut assurer, maintenant ! Un peu sonné, la tête vide, je fixe papa droit dans les yeux sans baisser le regard. Autour de nous, personne ne pipe. Il finit par m'attraper par le bras, me jette dans la voiture et revient dire quelques mots au principal et au prof de maths.

Pendant tout le trajet, nous n'échangeons pas une parole. J'évite le regard de mon père et fais semblant de m'intéresser à cette imbécile de moto qui nous tourne autour comme un roquet. À un feu, le flic qui conduit me montre sa joue d'un air de dire :

– Ben dis donc, il ne t'a pas loupé, ton père !

Je hausse les épaules et m'absorbe dans la contemplation de mes bouts de chaussures. Passionnant !

Une fois dans notre trou à rats, je me faufile par la petite porte qui donne sur les toits. Le dos calé le long d'une cheminée, je ferme les yeux sans penser à rien.

La nuit tombe, je suis toujours dehors, transi de froid, mais personne au monde ne pourrait me faire bouger. De temps à autre, je tâte mon visage. Avec la tête que j'ai, je suis bon pour le rôle principal dans un film d'horreur. Ma joue a la taille d'un ballon de foot, elle est tellement bouillante que je pourrais sans peine me faire cuire un œuf dessus. Les gonds de la petite porte couinent, je fais semblant de ne rien entendre. Papa s'accroupit à côté de moi et effleure ma joue du bout des doigts. Je ne tourne pas la tête.

– Je crois que j'y suis allé un peu fort, dit-il comme s'il trouvait ça plutôt amusant.

– …

– Toi aussi tu y es allé un peu fort, non ?… Quand le principal m'a appelé pour me dire que tu avais « fugué » du collège et que personne ne savait où tu étais, j'ai imaginé le pire. Je te voyais... Je ne sais pas, moi, enlevé, kidnappé, comme l'autre nuit avec ces salauds. Tu comprends ?

– J'en ai assez ! Depuis un mois, on habite dans des maisons moches qui sentent le rat crevé, pas le droit d'aller voir les copains, pas le droit d'aller à la pêche, pas le droit de sortir, pas le droit de rien ! Au moindre pas, il y a toujours un de ces singes pour me coller aux fesses, fais-je avec un signe de tête vers les gardes du corps. Et puis aussi, il y a maman...

– Je sais que ce n'est pas facile, Elmir. Pour personne. Zelma est malade. C'est une maladie qui ne se voit pas, mais qui doit être soignée comme une autre.

– Elle s'appelle comment, sa maladie ?

– Une dépression nerveuse. Elle va guérir, mais ça prendra du temps. Il faut être patient...

– Oui, je sais, il faut savoir attendre la fin de la tempête.

– Qu'est-ce que tu dis ?

– Rien.

Papa passe son bras autour de mes épaules.

– Qui était-ce, cette vieille femme avec qui tu es arrivé devant le collège, cet après-midi ?

– Elle ? C'est Nourrédia, une copine. Elle fait des beignets.

– Ils sont bons, les beignets de ta copine ?

– Fameux ! Les meilleurs de la terre.

– Ça te dirait d'aller dîner chez elle ce soir ?

Je lève enfin les yeux vers lui.

– Vrai ? Tu serais d'accord pour sortir ?... Je veux dire pour qu'on sorte tous les deux, sans être scotchés à nos trois pignoufs de gardes du corps ?

Papa a un instant d'hésitation.

– Tu sais, ils sont indispensables les trois « pignoufs », comme tu dis. On en a besoin. C'est risqué de partir sans eux, d'autant qu'ils refuseront sûrement qu'on y aille s'ils ne nous accompagnent pas. Ils sont responsables de nous.

Je me rembrunis.

– Ouais, je m'en doutais bien...

– Bon, écoute, je vais leur parler. On va y aller sans eux...

– Promis ?

– Juré !

Cheveux blancs, moustaches blanches, grosses lunettes d'écaille et canne : je rigole en voyant mon père attifé comme un vieux pépé, mais malgré son déguisement, il est inquiet. Il marche trop vite pour un grand-père et lance des coups d'œil de tous les côtés, sa main droite au fond de sa poche, serrée sur la crosse de son revolver.

La vieille Nourrédia me fait un clin d'œil lorsqu'elle nous voit entrer dans son échoppe, et papa pousse un soupir de soulagement.

– Hum, fait-il, le nez en l'air, ça sent drôlement bon, ici.

– Tenez, dit-elle avant même que j'ouvre la bouche, je vous ai préparé une petite table dans un coin tranquille.

– Mais… Comment pouvais-tu savoir que…

– Chut ! fait-elle en mettant un doigt sur sa bouche.

Je me demande si elle n'est pas un peu sorcière, ma copine la vieille Nourrédia…

Les beignets se mangent avec les doigts. Catastrophe pour papa ! Au bout de dix secondes, sa belle moustache poisse et commence à se décoller. Il mange autant de poils que de beignets et les crachouille ensuite d'un air dégoûté. Il essaie de la remettre, mais tout ce qu'il arrive à faire avec ses gros doigts pleins de miel, c'est à la flanquer de travers avec tous les poils qui lui rentrent dans les trous de nez. Je m'étrangle de rire.

– Et puis merde à la fin ! dit-il soudain en l'arrachant. Dans le même geste, il retire sa perruque sous le regard ahuri d'un client qui vient d'entrer.

Gorgés de beignets, de galettes de blé et de thé à la menthe, nous repartons juste avant le couvre-feu. Papa enfourne son déguisement de grand-père dans sa poche, fait une grosse bise bien claquante sur les joues molles de Nourrédia et nous repartons bras dessus, bras dessous dans les petites rues. Je suis sûr qu'il en oublie de serrer la crosse de son arme.

– Tu sais, me dit alors papa, la mère de Naïa m'a téléphoné... Ils partent dans deux jours et voudraient aller dire au revoir à Zelma demain, avec nous. Alors je les ai invités à venir manger un petit quelque chose à la maison après.

Dans deux jours...

Papa a un don pour gâcher les bons moments...

25

– Bon ! Alors tu vas nous faire le plaisir de te remettre sur pied, ma petite Zelma, et plus vite que ça !

L'énorme père de Naïa rigole, embrasse maman sur les deux joues et la soulève comme un fétu entre ses grosses mains poilues.

– Parce que, poursuit-il, on vous attend à Paris ! On vous fera tout visiter : le Louvre, la tour Eiffel, Montmartre !...

Et il éclate de rire comme s'il venait de raconter une bonne blague.

Maman, elle, ne rigole pas. Elle esquisse un début de sourire qui finit par fondre avant de disparaître complètement. Son visage ressemble à un masque, un masque triste qui n'exprime rien qu'une très grande lassitude. Ce sont les médicaments qui, paraît-il, font cet effet, m'a dit papa. Drôles de médicaments qui n'ont pas l'air de soigner grand-chose...

En l'embrassant, je lui chuchote à l'oreille :

– J'ai un livre pour toi, à la maison. Je suis sûr qu'il te plaira. J'essayerai de te l'apporter la prochaine fois, mais là je…

Je me tais subitement. J'ai failli faire une grosse gaffe : papa ne lui a jamais dit que l'on avait dû changer d'appartement. De toute manière, je ne sais même pas si elle m'a entendu. Pas un trait de son visage n'a bougé. Avant, il suffisait de prononcer le mot « livre » pour qu'aussitôt elle se passionne et pose plein de questions.

Mi entraîne maman à petits pas pour sa promenade. Je les regarde s'éloigner. Maman fait si vieille ! On dirait qu'elle est la mère de Mi. Derrière elles, les deux hommes discutent à voix basse.

Avec Naïa, on se retrouve autour du bassin, à tapoter l'eau avec des branches mortes. Les gros poissons rouges nous regardent toujours avec le même air imbécile. Je n'arrive pas à croire que demain, elle partira définitivement pour Paris. Peut-être ne reviendront-ils jamais ici, m'a-t-elle dit. Il paraît même que son père préférerait qu'elle devienne française. Je ne savais pas qu'on pouvait changer de nationalité comme ça.

– Ma tante habite à Créteil, une ville tout à côté

de Paris. Au début, on va vivre chez elle, ce n'est pas très grand, mais on se serrera un peu.

– Et après vous aurez une maison à vous ?

– Peut-être, mais il faut d'abord que les parents trouvent un travail. Ce n'est pas facile, il paraît qu'ils ont trop de médecins en France... Et de toute façon, il faut être français pour exercer là-bas. Mon père a appelé des amis à lui, ça s'arrangera peut-être parce qu'il a fait ses études à Paris. Mais on n'en sait rien...

Je hoche la tête.

– Et pour les vacances, tu reviendras ?

– Je ne sais pas... Je ne crois pas. Tant qu'il y aura des attentats...

– Tu vas aller au collège ?

– Oui, à côté de chez ma tante il y en a un : le collège Victor-Hugo.

– Ça va être dur au début, tout sera en français.

Naïa ne répond pas. Les parents reviennent, papa et Mi ont chacun passé un bras sous ceux de maman. Elle remonte dans sa chambre. D'en bas, je lui lance un petit baiser, du bout des lèvres.

C'est la première fois que nous invitons quelqu'un dans notre minuscule appartement depuis que l'on a été obligés de déménager. Les parents de Naïa en font le tour d'un air vaguement dégoûté, comme si tout était crasseux. C'est vrai qu'on est loin de leur belle maison du quartier de « La Source ».

– Tu ne veux vraiment pas nous suivre là-bas ? demandent-ils à papa, tu ne serais pas le premier journaliste à t'y installer, un type de ta renommée trouverait facilement à collaborer dans des journaux.

Papa secoue la tête.

Tout le monde pignoche sans grand appétit dans les fruits secs et le ragoût de légumes. Les adultes parlent politique. Je montre à Naïa mon refuge : la petite porte qui donne sur les toits.

– Attends-moi là, dit-elle soudain, je reviens tout de suite.

Je l'entends demander quelque chose à ses parents et sortir de l'appartement. Quelques minutes plus tard, elle revient.

– Cache tes yeux, lance-t-elle. Pas le droit de tricher !

Elle dépose quelque chose tout près de moi. Ce doit être assez lourd.

– Regarde !

La cage de Mouli ! Il est dedans pelotonné comme une petite boule de poils roux, avec ses deux oreilles énormes qui dépassent.

– C'est pour toi, me dit Naïa, les yeux tout brillants de larmes, on l'avait pris dans la voiture. Je ne peux pas le garder avec moi, il aurait trop froid, et puis en appartement ce serait compliqué. Avec toi, je sais qu'il sera heureux… Il te connaît bien…

Pendant un moment, elle ne dit plus rien.

– Voilà, ajoute-t-elle en essayant de sourire, je laisse mes deux meilleurs amis ensemble, comme ça, ils se souviendront de moi.

J'ai très envie de serrer Naïa contre moi, mais on se fait juste un minuscule baiser sur les lèvres en se tenant la main.

– Les enfants ! Naïa ! braillent ses parents, on y va. Il faut partir avant le couvre-feu.

26

Lorsque, quelques mois auparavant, deux bombes ont explosé dans des avions juste avant le décollage, il y a eu des morts et des blessés et l'aéroport est resté fermé plusieurs jours. Depuis, c'est une véritable forteresse. Des dizaines de militaires patrouillent, l'arme au poing. Les papiers sont vérifiés presque à chaque porte. Fixées au plafond, des caméras vidéo enregistrent le moindre mouvement, le moindre visage.

Les fouilles pour entrer sont interminables. Tout est examiné, les chaussures, la doublure des vestes, les sacs, les portefeuilles. Certaines personnes sont entraînées vers des cabines de « fouille totale ». Papa m'explique qu'elles doivent se mettre toutes nues et chacun de leur vêtement est fouillé avec un soin tout particulier. J'aimerais autant que ça ne tombe pas sur moi !

Après un quart d'heure de fouilles et de questions (Où allez-vous ? Qui accompagnez-vous ? À quelle heure ressortirez-vous de l'aéroport ?...), on retrouve enfin Naïa et ses parents devant la salle d'embarquement. Le père de Naïa lance quelques blagues qui tombent à plat. Personne n'a vraiment envie de rire, le cœur n'y est pas. Serrée contre sa mère, Naïa regarde l'agitation de l'aéroport d'un air inquiet. Moi, j'ai le cœur en patate. Je ne sais pas ce que ça veut dire, mais je trouve que c'est un mot qui convient bien...

Encadré par des policiers, un jeune type menotté traverse le hall. Tout le monde se tait sur son passage. Qu'a-t-il fait ? Sans rien dire, chacun se pose la même question : fait-il partie des poseurs de bombes ? Je repense à Larrid : lui aussi a dû quitter sa maison entre deux gendarmes, menotté, avec tous les voisins qui le regardaient.

Ça aurait été chouette qu'Ismène puisse lui aussi venir dire au revoir à Naïa...

À quelques mètres, nos gardes du corps surveillent les plus petits gestes des personnes qui passent autour de nous, prêts à agir.

– Tu vois, je vais quitter cette chape de peur, dit le père de Naïa à papa, rien que ça, suffit à me rendre heureux de partir, même si j'abandonne tout ici.

– *Les passagers du vol 817 à destination de Paris sont*

priés de rejoindre la salle d'embarquement n° 7. Embarquement immédiat.

On s'embrasse. La joue parfumée de Mi, celle, râpeuse, de son mari et celle, chaude et douce, de Naïa... Je lui aurais bien refait un baiser sur les lèvres, mais il y a les parents. Dans ma main, je serre comme un trésor le petit bout de papier qu'elle vient de me glisser avec son adresse, là-bas.

– Et n'oublie pas ta petite chérie ! me glisse une dernière fois son père en m'ébouriffant les cheveux.

Chacun d'un côté de la vitre on essaie de se parler en articulant bien fort, mais on se comprend mal et on doit se répondre juste par des gestes d'impuissance.

Du haut des terrasses de l'aéroport, dans le sifflement des réacteurs, on distingue la file des passagers qui se dirigent vers le gros Boeing. Quelqu'un se retourne et fait un grand geste de la main ; je réponds, sûr que c'est Naïa. Le bruit des réacteurs s'amplifie, l'avion s'éloigne lentement sur la piste et disparaît à nos regards. Soudain, le voilà qui remonte la piste à toute vitesse, les moteurs au maximum de leur puissance, il se cabre et monte dans le ciel.

J'agite toujours la main comme un automate.

L'avion rapetisse, vire au-dessus de la ville et s'éloigne vers la mer. Plein nord.

27

Ma chère Naïa,

Trois semaines que tu es partie et toujours pas une seule lettre de toi. Peut-être ne reçois-tu pas non plus les miennes ?

J'espère que tu t'habitues bien à ta nouvelle vie de Créteil. J'ai essayé de regarder sur un atlas, mais ce n'est pas écrit, ce doit être une toute petite ville, il faudrait une carte plus précise. Raconte-moi comment c'est, ce que tu vois, comment sont les gens et les maisons, s'il y a des animaux qu'on ne voit pas chez nous et si tu commences à te faire des amis. Tes parents ont-ils trouvé du travail ? J'ai pensé à une chose : ce serait bien s'ils n'en trouvaient pas, comme ça, vous seriez obligés de revenir comme avant !

Nous, ici, ce n'est pas très marrant. Il y a encore eu plusieurs attentats. L'un a touché l'hôpital où travaillait ton père et personne ne comprend pourquoi ils s'en prennent aux hôpitaux, mais le plus grave pour nous, c'est qu'une bombe a été posée au journal de mon père. Une lettre piégée a explosé. La secrétaire qui ouvrait le courrier est très gravement blessée, personne ne sait si elle pourra survivre. La lettre était adressée à mon père. Beaucoup de journalistes ont préféré abandonner, je sais que certains veulent aussi partir en France. Résultat : il ne reste que cinq personnes pour faire tourner le journal qui n'a plus que huit pages... Deux jours plus tard, on a trouvé une nouvelle lettre de menaces dans la boîte aux lettres de l'appartement où tu étais venue. Tu comprends ce que ça veut dire ?

Nous venons donc de redéménager dans un autre quartier, mais mon père m'a interdit de dire où et de t'envoyer l'adresse exacte. Il a peur que le courrier ne soit intercepté. Tu pourras donc m'écrire à l'ancienne adresse, les lettres suivront jusqu'ici. Notre appartement est encore plus minable et moche que le précédent : une seule pièce, mais c'est vrai qu'il a une grande terrasse.

Au collège, c'est toujours la même chose. Depuis qu'Ismène est revenu, il ne me parle plus. Il s'est mis dans une bande avec ceux de la colline et ils font tellement de conneries que je crois qu'ils vont être définitivement renvoyés. L'autre jour, ils sont passés en courant dans les couloirs et ont jeté des petites bombes lacrymogènes dans toutes les classes en criant des slogans favorables aux « combattants de l'ombre ». Tout le collège a dû être évacué le temps que ça se calme. Quant à Aoual, on ne l'a pas revu, personne ne sait ce qu'il est devenu. Certains disent que son père a quitté la police ou qu'il a été muté. J'ai même entendu dire qu'il avait été kidnappé pour obliger son père qui est commissaire à relâcher des prisonniers.

Maman ne va ni mieux ni moins bien, je vais la voir une fois par semaine avec papa. Elle ne parle presque pas. C'est le jour le plus triste de la semaine.

Par contre Mouli, lui, va très bien, je le fais courir tous les jours sur le toit terrasse, il s'est très vite habitué à moi et répond quand je l'appelle par son nom. D'ailleurs je vais lui faire signer la lettre en lui trempant la patte dans un tampon encreur !

J'aimerais bien recevoir une lettre de toi. Est-ce que tu pourras aussi m'envoyer une photo de toi à Créteil ?

Je t'embrasse très fort et Mouli te fait une grosse léchouille sur la joue.

Elmir

28

La Liberté, c'est fini !

Le gouvernement interdit désormais aux journaux de publier librement des articles sur les attentats, pour ne pas faire de publicité aux terroristes, paraît-il. Les seules informations disponibles proviennent maintenant du gouvernement lui-même qui autorise les journaux à les imprimer. Alors les cinq journalistes de *La Liberté* ont tous décidé d'arrêter le journal tant qu'ils n'auront plus le droit d'écrire ce qu'ils veulent.

Le dernier numéro est sorti ce matin. Il traîne sur une chaise de l'appartement. Un drôle de numéro ! Pas la peine de le feuilleter : il n'y a rien dedans ! C'est un journal vide, sans un seul article, avec juste ces mots sur la première page :

LÀ OÙ RÈGNE LA CENSURE
LA LIBERTÉ S'ARRÊTE.

De temps en temps, papa passe devant et le feuillette, comme s'il espérait malgré tout trouver quelque chose à l'intérieur.

Au moment où je pars au collège, une voiture de la police vient stationner devant l'immeuble. Les flics escaladent les escaliers quatre à quatre et arrivent en soufflant comme des phoques à notre cinquième étage.

– Votre maison… À « La Source »… Elle a été saccagée par des inconnus cette nuit. Des voisins nous ont prévenus.

Papa ne veut pas que je l'accompagne. J'insiste.

– Et le collège ?

– Pff ! Pour ce que j'y fais en ce moment…

Il hausse les épaules, comme si plus rien n'avait beaucoup d'importance et me fait signe de l'accompagner. C'est la première fois que je reviens dans mon quartier depuis presque deux mois. Les volets de l'ancienne maison de Naïa sont fermés. D'autres maisons aussi ont l'air vides.

On arrive. La petite porte de bois grince. Je reste un moment sans faire un geste, suffoqué.

Même le jardin a été ravagé, des plantes sont arrachées, le bassin défoncé, les troncs des palmiers, arrosés d'essence, ont brûlé. Ils ressemblent à des doigts de squelette dressés vers le ciel. J'aperçois une seconde le visage de notre voisine, qui nous observe par la fenêtre. Elle recule aussitôt dans l'ombre de la pièce. Ils ont évidemment tout vu, mais ils n'ont pas bougé le petit doigt. Ils avaient peur… Leur seul courage, ça a sans doute été le coup de téléphone anonyme à la police…

La main de papa tremble en enfonçant la clé dans la serrure, il fait semblant de ne pas regarder les graffitis peints en lettres rouges sur les murs. La plupart reprennent les slogans des « combattants de l'ombre » : ÉTRANGERS DEHORS. DIEU COMBAT AUX CÔTÉS DE SES FILS. Mais d'autres le concernent directement : OÙ QUE TU AILLES, NOUS TE RETROUVERONS. MORT À *LA LIBERTÉ*.

Nous entrons en silence. La maison sent le renfermé. Ils sont entrés par la petite porte du jardin qui a été enfoncée.

À l'intérieur, tout a été mis à sac : les étagères sont renversées, les livres éparpillés par terre, les lits cassés à coups de hache, la vaisselle piétinée, les rideaux brûlés… Le robinet de la douche, grand ouvert, a inondé tout l'étage, l'eau ruisselle le long de l'escalier. Ils ont même brisé les cabinets avec une masse.

– Allez, fait papa, la voix enrouée, viens. On récupère ce qu'on peut et on repart.

C'est vite fait, les pilleurs n'ont presque rien laissé. Un peu au hasard, j'empile du linge et quelques livres que je retrouve. Tout est déchiré, brûlé ou barbouillé de peinture en bombe. Je glisse la main sous mon matelas qui a été éventré à coups de couteau. *Les Aventures du capitaine Hatteras* sont toujours là. À peine ouvert, je retrouve l'odeur de fumée que le livre n'a jamais perdue depuis l'incendie. Je l'enfourne au fond de mon sac et sors attendre papa dehors.

Au moment de repartir, papa hésite un peu, puis finit par jeter les clés de la maison dans un buisson sans refermer la porte.

– Pourquoi tu fais ça ?

– J'ai l'impression qu'on ne reviendra pas de sitôt, répond-il en haussant les épaules, ça leur évitera au moins de casser la porte…

Lorsqu'on repart, j'ai l'impression que derrière chacune des fenêtres du quartier, les voisins nous épient. Je les déteste. À tout hasard, je tire la langue aux maisons devant lesquelles on passe.

L'après-midi au collège est interminable. Tout m'ennuie et je n'écoute rien. Je finis même par énerver le placide monsieur Harnid, le prof d'histoire. Depuis la mort de sa fille, il est encore plus doux et plus gentil qu'avant, mais je pense à Naïa, à la France et à Créteil… Peut-être un petit village avec une église au clocher pointu comme une aiguille ? On a une photo qui ressemble à ça dans notre livre de géographie.

– Elmir, qu'est-ce que je viens de dire ?

Je sursaute. Avant j'aurais rougi jusqu'aux oreilles et j'aurais bafouillé n'importe quoi. Là, je lui réponds du tac au tac :

– Je m'en fous !

– Elmir ! Ça suffit comme ça ! explose monsieur Harnid, tu files immédiatement chez le principal.

Je quitte la classe en traînant les pieds et je hurle dans le couloir :

– J'm'en fous ! J'm'en fous ! J'm'en fous !…

Toutes les portes s'ouvrent, laissant passer la tête ahurie des profs.

Le lendemain, à neuf heures, on se retrouve dans le bureau du principal : lui, les profs et moi, assis sur un tabouret, au milieu, comme une cible. Conseil de discipline. Un grand silence menaçant plane. Personne ne dit un mot, on attend l'arrivée de mon père. Je fais des yeux le tour des profs. Il n'y en aura pas beaucoup pour me défendre, sauf peut-être celui de sport. Papa finit par arriver en marmonnant qu'il a été retardé par des barrages de police. J'évite de croiser son regard.

Le principal énumère alors la liste de tous mes manquements au règlement depuis deux mois. Retards, fugues, absences injustifiées, injures envers un professeur, manque total de travail… Jamais je n'aurais imaginé en avoir tant fait !

– Alors, Elmir, avant que chaque professeur dise ce qu'il pense de ton attitude au collège, j'aimerais que tu nous donnes une explication sur ta conduite depuis bientôt trois mois.

Des explications ! Mais je n'ai rien à dire, moi ! C'est comme ça, voilà tout ! Plus rien ne m'intéresse sauf Naïa, Mouli, Michael Jackson et le capitaine Hatteras.

– Tu préfères peut-être parler plus tard ? finit par lâcher le principal après un long moment de silence.

C'est à ce moment que papa prend la parole. Il explique un tas de choses que je n'écoute pas trop, les profs prennent tous l'air drôlement intéressé. Et il termine :

– … Voilà, Elmir a besoin de retrouver un peu de calme et c'est pour cela que nous allons partir, au moins quelques mois.

Je sursaute. Partir ! On va partir ! Où ça ? En France, à Créteil peut-être ?…

Je regarde papa, qui me lance un clin d'œil.

29

De retour à l'appartement, papa refuse toujours de me dire où l'on va.

– À Créteil ?

– Surprise, surprise… répond-il en tassant nos affaires dans de gros sacs de voyage.

Très bien, mais si ce n'est pas rejoindre Naïa, sa surprise, j'ai bien peur qu'elle ne soit ratée. Aucun intérêt ! Je boude, partagé entre la curiosité et la déception.

Après avoir disparu une bonne partie de l'après-midi, papa revient, excité comme un petit fou.

– Elmir, viens vite voir ! hurle-t-il depuis la rue.

Je dévale les escaliers. Tout fier, il me désigne un 4x4 garé juste devant l'immeuble. Rien à voir avec les superbes engins tout chromés que les Européens avaient à l'époque où ils venaient encore en vacances ici. La vieille Land-Rover a plus de cent cinquante mille kilomètres mais elle est super ! Prête pour aller au bout du monde, avec ses doubles réservoirs d'essence, sa réserve d'eau, ses énormes phares grillagés et le gros treuil de devant qui la fait ressembler à un bison. Mouli a même sa place à l'arrière où des sangles ont été fixées exprès pour maintenir sa cage ! Il faut lui donner un nom, à notre somptueux 4x4, mais on n'arrive pas à se mettre d'accord, alors il est doublement baptisé. Sur la portière du conducteur, il y a écrit *Zelma* en grosses lettres blanches, et de l'autre côté *Naïa*.

Dès le lendemain, on entasse nos affaires à l'arrière de la Land. Les trois gardes du corps nous accompagnent une dernière fois jusqu'à la limite de la ville. Papa les remercie chaleureusement et leur tend une enveloppe qu'ils commencent tous les trois par refuser avant de l'empocher. J'ai vu papa y mettre des billets. Moi, je ne leur dis au revoir que du bout des lèvres parce que justement, j'aimerais bien ne jamais les revoir, ces trois pignoufs !

– On y va, Elmir ? demande papa en me tapant sur la cuisse.

– Où ?

– Tu verras bien…

La grosse Land-Rover démarre dans un grondement.

Devant nous, à perte de vue, des champs et des vergers d'amandiers déjà en fleur. Plus loin, les premiers contreforts des montagnes. Le blé commence à peine à sortir avec le début du printemps. Il paraît que l'année ne sera pas bonne : il n'a pas assez plu pendant l'hiver. Je regarde la boussole. Ce qui semble sûr, c'est qu'on ne va pas à Créteil : on roule plein sud sur la Nationale 1, la plus ancienne du pays.

– Repose-toi, on n'est pas près d'arriver... Plus de mille trois cents kilomètres !

Une cinquantaine de kilomètres plus loin, on commence à grimper les premières routes en lacet. Le froid devient plus vif. Je finis par m'endormir. En rouvrant les yeux, je reste saisi de stupeur : de la neige ! Il a neigé !

Papa s'est arrêté pour boire un café dans sa Thermos.

– T'en as jamais vu autant, pas vrai ?

Je me roule dedans jusqu'à ce que je sois définitivement transformé en glaçon et transi jusqu'aux os. Nous repartons, le chauffage au maximum. Toujours plein sud, nous redescendons le versant opposé. D'énormes camions aux roues plus hautes que notre voiture escaladent péniblement le col en direction de la côte. Parfois, un virage plus resserré les oblige à une manœuvre. Nous nous arrêtons le temps de les laisser passer, les routiers nous remercient d'un petit geste de la main.

– Tu ne veux toujours pas me dire où l'on va ?

Pour toute réponse, papa pose un doigt sur sa bouche.

En début d'après-midi, nous atteignons la plaine. Le paysage a complètement changé : plus de cultures, plus d'amandiers : rien qu'un énorme champ de cailloux gris à l'infini avec, de temps à autre, de petits buissons qui dressent leurs touffes d'herbes sèches et dures.

Pendant des heures, nous suivons la même route monotone qui devient de plus en plus cahoteuse. Après le froid de la montagne, le soleil sur la tôle surchauffe la voiture. Nous croisons de moins en moins de véhicules.

En fin d'après-midi, papa quitte soudain la route et emprunte un chemin défoncé sur lequel notre voiture brinquebale.

– On va monter la tente ici pour ce soir. Va chercher du bois au pied des buissons là-bas !

La nuit tombe, glaciale. Avec papa, on se serre

autour de notre minuscule feu de brindilles en croquant des fruits secs.

– Tu ne veux toujours pas me dire…

– La seule chose que je peux te dire, c'est que, si tout va bien, on arrivera demain en début d'après-midi.

En claquant des dents, je me glisse dans mon duvet, me recouvre de trois épaisses couvertures et me colle contre mon père. Dehors, des milliers de bruissements nous entourent.

Ma première nuit dans le désert !

On repart très tôt le matin alors qu'il fait encore froid. Lorsque le soleil commence à taper fort, nous sommes en plein désert. Un désert fait de milliards de petits cailloux gris arrondis par le vent sur lesquels nous cahotons pendant des heures en ne croisant que trois camions. Et puis nous trouvons le sable. Une mer de sable jaune qui s'étend jusqu'à l'horizon, avec des vagues de dunes. Notre vieille Land remonte la piste le long d'oueds à sec en soulevant des nuages de poussière.

Un peu après midi, alors que le soleil nous écrase de chaleur, papa s'arrête soudain, il tend le doigt devant lui.

– Regarde.

Au loin, sur un escarpement rocheux, se dresse une sorte de muraille rougeâtre.

– C'est là qu'on va ?

Il hoche la tête en silence. Nous repartons.

Une heure plus tard, nous entrons dans une petite ville hérissée de maisonnettes, de ruelles et de terrasses. En contrebas, des milliers de palmiers agitent doucement leurs feuilles au milieu des jardins minuscules de l'oasis. Plus loin, le désert gris et jaune reprend ses droits.

Une femme d'une cinquantaine d'années vient à notre rencontre, les bras ouverts, comme si elle nous connaissait depuis toujours…

30

Ma chère Naïa,

Ce matin, la voiture de la poste a apporté un gros paquet de lettres ficelées ensemble. Le postier me l'a donné en rigolant.

– Tout le paquet vient d'une fille, ce n'est pas à moi que ça arriverait des choses comme ça !

Ouf ! Je commençais à croire que tu m'avais oublié. Je n'ai pas pris le temps de tout lire parce que je voudrais que le facteur reparte avec cette lettre que je me dépêche d'écrire : il ne repasse que dans dix jours.

Grand changement dans notre vie ! Depuis quinze jours, j'habite avec mon père à Timimoun, une oasis en plein désert. C'est incroyable, ici, l'eau ruisselle de tous les côtés dans des canaux souterrains qui mènent aux petits jardins. Elara, une sœur de Nourrédia, nous loue une petite maison, juste au-dessus de la plus belle palmeraie de la

Terre. Nous sommes descendus avec une vieille Land-Rover que mon père a achetée et dont la partie droite s'appelle « Naïa » ! (La partie gauche s'appelle « Zelma », comme ma mère.)

C'est un pays magique. Le lendemain de notre arrivée, un gros orage a éclaté en fin d'après-midi. Il pleuvait si fort qu'on avait l'impression que les gouttes allaient transpercer les terrasses des maisons. À peine vingt-quatre heures plus tard, de minuscules pousses vertes sont apparues au bas des dunes, et en quatre jours, les alentours de l'oasis étaient tapissés de fleurs ! Mais maintenant, le soleil a déjà grillé tout ce que les moutons n'ont pas mangé.

Ne crois surtout pas que je prends des vacances pendant que tu travailles. D'abord, j'aide le mari d'Elara à s'occuper des jardins et de leurs bêtes : des chèvres et des moutons, mais aussi quelques chameaux. Au début, je n'en menais pas large face à eux, mais maintenant, on est devenus copains, j'arrive même à les monter tout seul. J'apprends la vie du désert. J'ai l'impression d'habiter ici depuis toujours, loin des attentats, des villes et du collège. Et puis mon père m'a inscrit à des cours par correspondance. Les premiers sont arrivés ce matin en même temps que tes lettres, mais je suis moins pressé de les ouvrir !

Après avoir un peu hésité, papa s'est finalement décidé hier à aller chercher maman. Elara dit qu'elle sera beaucoup mieux ici, avec nous, et qu'il suffit de voir une fois l'oasis pour être guéri de toutes les maladies du monde. Je suis sûr qu'elle a raison. Ils doivent revenir demain, je lui offrirai un livre que j'ai « sauvé » de l'incendie de la bibliothèque.

Papa m'a promis qu'en y allant, il essayerait d'avoir des nouvelles d'Ismène.

Bon, bon ! Je me dépêche, le facteur n'attend plus que moi pour repartir, il descend sur Adrar, à deux cent cinquante kilomètres au sud d'ici ! Je vais me plonger dans tes lettres.

Je viens de voir que tu m'as aussi envoyé une cassette de Michael Jackson, c'est super !

Je t'embrasse très fort,

je vais me délecter de toutes tes lettres.

Réécris-moi vite !

Elmir.

P.-S. : Est-ce que tu crois que Créteil est aussi beau que Timimoun ?

J'emmène souvent Mouli dans le désert. Il court comme un fou, hume la moindre trace et essaye d'attraper les lézards. J'ai l'impression qu'il apprend la liberté.

Du même auteur à *l'école des loisirs*

Collection MÉDIUM

Maestro !
Charlemagne
Marie Curie
Itawapa
Un monde sauvage

Collection MÉDIUM +

Fils de guerre
L'homme du jardin
Les yeux de Rose Andersen
Be safe
L'attrape-rêves
Le fils de l'Ursari